塔の魔導師

WIZARD OF THE TOWER

～底辺魔導師から始める資本論～

2

Author

瀬戸夏樹

Natsuki Seto

TOブックス

WIZARD OF THE TOWER 2

Illust * Garuku
Design * BEE-PEE

◆ CONTENTS

◆ CHARACTERS

◆リン

奴隷階級出身。
ユインに才能を見出され、
ミルン領のケアレから
グィンガルドへやってきた。
可愛い顔つきをしているからか、
女たらしの才能がある。

◆アトレア

リンがガエリアスの塔の前で出会った
白いローブの少女。
高位魔導師のようだが、その詳細は不明。

テオ

リンの親友。面倒見が良く、
塔のことをよく知らないリンを
サポートしている。

ユヴェン

下級貴族の美しい少女。
プライドが高い野心家で
魔導師としての出世を夢見ている。

イリーウィア

ウィンガルド王国のお姫様。
優雅で奥ゆかしく、貴族然としている。
マグリルヘイムの活動でリンと知り合う。

ユイン

自分勝手で傲慢なリンの師匠。
リンを塔へ連れてきた張本人だが、
一切の面倒を見ないので、彼を困惑させている。

1. 理不尽な徴税《ちょうぜい》

魔獣の森の探索から帰ってきたリンは、日常に回帰《かいき》していた。

ドブネズミの巣と学院、工場を行き来する以前通りの生活である。

「なあ、もういい加減引っ越さねぇ？」

帰り道を歩いている時、おもむろにテオが言った。

「引っ越す？」

「だってさ。学院と仕事場、部屋って移動する度にエレベーターに乗らなきゃいけないじゃん。アルフルドに引っ越してさ。仕事も向こうで見つけて、そうすれば全部アルフルド内で完結するじゃん。もう毎日毎日、長時間エレベーターに乗るのだりーよ」

テオには移動距離に対して異常なこだわりがあった。

基本的に移動はエネルギーと時間の浪費《ろうひ》なのでなるべく削るべき、というのが彼のポリシーだった。

彼がレンリルから離れたがっているのはそれだけでは無い。今の仕事を辞めたがっているのだ。

例の上級貴族が工場内で暴れた一件以来テオと工場責任者の仲は険悪になっていた。

工場責任者はテオの処置が気に入らなかったようだ。

彼は事ある毎にテオのやる事なす事に口出しするようになり、テオはテオでいちいち反発して二人は毎日のように喧嘩《けんか》していた。

テオは職場においても露骨《ろこつ》に不平不満を漏《も》らすようになっていた。

「あーあ。なんで俺らこんなところで働いてんだろうなあ。給与はクソ。仕事内容はクソ。おまけに上司もクソ。早く転職したいなぁー。転職先さえあればこんなクソな職場一刻も早く辞められるのになぁー」

テオは責任者が目と鼻の先にいる前で、暴言を吐きまくった。

リンはテオの隣で責任者の視線にやきもきしながら仕事する日々を送っていた。

「な。この際思い切って引っ越そーぜ。レンリルは買い物するにも不便だし、移動時間ももったいねーよ。その時間で何か他の仕事したり勉強したりしたほうがいいって」

「でもさ。アルフルドの物価はものすごく高いよ。僕らの給料では、とてもじゃないけれど食べていけない。家賃を払うのもままならないって」

リンはアルフルドの瀟洒《しょうしゃ》な街並みに初めは心奪われたが、その物価の高さを見て顔を真っ青にした。

アルフルドの物価はレンリルの二倍から三倍だった。

アルフルドでしか売っていない魔導具だけがそんな値段かと思いきや、レンリルでも売っている何の変哲もない日用品でもはるかに高い値段になっていた。

リンはどうして置いている場所が違うだけでこんなにも値段が変わるのか理解できず混乱した。

そして肝心の給与水準はというとレンリルと大して変わりはなかった。

「家賃についてはシェアハウスできるところ見つけたんだ。学院で四人部屋で住んでもいいって奴らがいてさ。四人で分割できりゃレンリルでの家賃とそう変わらない。物価についても俺に考えがある。なあ引っ越ししよーぜ」

「うーん」

「モリーーーース！　モリス！　いるんでしょ。返事しないさいよ」

リンとテオが自室の前で立ち話をしていると、いきなり隣からけたたましい叫び声と激しく戸を叩く音が聞こえてきた。

クノールがリンとテオの隣の住人に用事があるようだった。

「モリス！　モリス！　あんた借金の督促状《とくそくじょう》が来てるわよ。家賃もかれこれ三ヶ月滞納してるでしょ。いい加減にしないとあんたマジでヤバイわよ。いるんでしょモリス。モリス！　出て来いよぉぉお、モリーーーース！」

クノールは辺りの視線も気にせずに扉をガンガン叩きながら喚《わめ》き散らしていた。

「ババアはうるせーしよー」

テオが忌々《いまいま》しげにクノールを親指で指し示す。

「……うん」

リン達のお隣であるモリスはギャンブルで負けが込んで首が回らなくなっているようだった。しばらく前から部屋に引きこもっていて出てくるところを見ていない。そのため毎日のようにクノールに戸を叩かれていた。

ドブネズミの巣は壁が薄いし、クノールが昼夜問わずガンガン部屋の戸を叩くしで、リンとテオが夜中に突然起こされることもしょっちゅうだった。

「分かったよ。僕もアルフルドに住んでみたいと思ってたところなんだ。一度引っ越してみよう」

翌日、リンとテオはドブネズミの巣の契約を解除してアルフルドの新しい部屋に向かうべく荷物を荷台に積み込み、アルフルド行きのエレベーターに乗り込んだ。

幸い魔法語の読み書きができれば勤められる事務職の仕事がアルフルドで見つかった。

工場の仕事は今月いっぱいで辞めて来月からはアルフルドで働くことになる。

荷台にはドブネズミの巣にあった服や本、備品のほか、レンリルで買い込んだ一ヶ月分の日用雑貨及び食料も積み込まれていた。

「レンリルで一ヶ月分の買い物をしてアルフルドでは何も買わない。これならレンリルの物価でアルフルドに住めるだろ？　一ヶ月に一回、まとめ買いするだけなら時間もそんなに取られねーし」

「なるほど」

二人はエレベーターのあまり混み合わない時間帯を狙って荷台ごとエレベーターに乗り込む。

荷物をすべて袋で包んでぐるぐる巻きにしたものは優に二人の身長と同じ位の高さと幅になったが、質量の杖を使えばエレベーターの中までたやすく運搬《うんぱん》することができた。

「よし。行くぜ。六十七階、学院都市アルフルド二十八番街へ」

テオが呪文を唱えるとエレベーターは勢いよく発車し始める。

リンはこれから始まる新生活に胸躍《おど》らせながら、エレベーターがアルフルドの街に到着するのを待った。

「もうすぐだね」

リンがエレベーターの通る通路の色が変わっていくのを見ながらつぶやいた。今リンたちが通っている通路は灰色から赤に変わりつつある。五十階以上の高さに到達した証だった。

「ああ、ようやくレンリルとおさらばできるぜ。ん？　なんだこいつ。あっち行け」

一緒に乗っている荷物に妖精がまとわりついているのを見てテオが杖で追い払う。

妖精はテオの乱暴な言い方に怯えて何処かへ行ってしまった。

リンは首を傾げた。こういう風にどこからともなく妖精が現れるのはこの魔導師の塔ではよくあることだった。

しかしこんな風に向こうから荷物にまとわりついたりしてくるというのは今までなかったことだ。

リンには妖精が何かを警告しているように見えた。

「お、着いたぜ」

そうこうしているうちにエレベーターの通路に六十七の文字が見えてくる。六十七階、アルフルド二十八番街に到着した証拠だ。

エレベーターがストップするとビーッという耳障りな音がして扉に二重の鍵がかかる。試しにドアを押してみても開かなかった。

「あれ？　なんだろう」

「故障かな？　ったくちゃんと整備しろよ。こっちは急いでるってのに」

テオが悪態をついた。

「はーい。ちょっと君達そこで止まっててね」

黒いローブの人達がやって来る。協会の人達だ。リンはすぐに降りられそうだと思ってホッとする。

しかし協会の人達はリンとテオをエレベーターから降ろすや否や拘束した。さらにテオとリンの荷物を物色し始める。

「おい、何すんだよ」

「あちゃー、これは完全にアウトだね」

「は？」

「君達、一人二万レギカ徴収ね」

「はっ⁉　はあああぁぁぁぁ？」

テオが素っ頓狂な声をあげた。

「そんな。なんでお金を払わなきゃいけないんですか」

リンが抗議する。

「旅客用のエレベーターで一定以上の貨物を運ぶと徴税がかかるんだよ」

「徴……税……だと？」

「うん。というわけで二万レギカ」

テオは必死で抗議した。

「なんでだよ。エレベーターは俺たちの魔力で動かしてんだろ。何を根拠に税金なんて取ってんだよ」

「あのねぇ。エレベーターにも管理費用とか維持費とか色々かかるんだよ。無料で乗ってるんだから貨物代くらい払ってもらわないとやっていけないの」

「いやっ、でも……二万レギカって……商品の値段の五割以上じゃん。いくらなんでもボリすぎだろ！」

テオの声は震えていた。

「あのさぁ。あんまガタガタ言ってると、出るとこ出てもらうよ」

「君ら学院生だよね。徴収拒否とかもう立派な法律違反だよ。学位取り消しだってあるよ。分かってる？」

「高い学費払ってるよねぇ。こんなことでパァになったらご両親の負担が増えることになるよ。申し訳ないと思わないの？」

リンは諦めのため息をついた。

（なるほど。徴税があるからアルフルドの物価はこんなに高いのね）

「テオ、諦めよう。ここは払うしかないよ」

「クソが！」

リンとテオはアルフルドの物価で暮らすため、新しいバイトと工場の仕事を掛け持ちせざるをえなくなった。

2. クルーガからの勧誘

魔獣の森での合宿から戻ったリンはまた普段の生活サイクルに戻ったが、それでも一つだけ変わったことがあった。

周囲からの視線である。

今日も廊下を歩いていると上級生に声をかけられる。

「よっ、指輪魔法の達人さん」

「あっ、クルーガさん」

「忘れてないだろうな。俺がした勧誘のこと」

「ええ、もちろん」

リンとクルーガが初めて面識を持ったのは魔獣の森に行く数日前のことだった。

その日、リンとテオは水曜日の昼にいつもする通りレンリルの安い食堂でエリオス達と昼食を取りに行っていた。

リン達が食堂に顔を出すとすでにエリオス達が席を取っていた。

「リン、テオ、こっちよ」

シーラが手を振って二人を呼び寄せる。二人が近づくとそこにはいつもはいない人物、クルーガがいた。

「よっ。指輪魔法の達人さん」

クルーガがリンに対して気さくに呼びかける。

「クルーガさん!? どうしてここに?」

リンは仰天した。

「おっ、俺のことを知ってるのか?」

「そりゃあ知っていますよ。学院魔導競技の連続優勝者なんですから。学院の生徒なら誰だって知っています」

「リン、クルーガは君に会いに来たんだよ」

「僕に？ どうしてそんな……」

「お前を俺たちのギルド『輝ける矢《ブリリアス・フレジア》』にスカウトするためさ。マグリルヘイムに取られる前にな」

リンは食事しながら周囲から注目されているのを感じた。みんなクルーガに注目しているのだ。彼の放つ有名人独特のオーラには凄まじいものがあった。彼を知っている人も知らない人も通りすがりにちらりと一目見ずにはいられない。

当然リン達も巻き添えで好奇の視線に晒される。リンはこそばゆさを感じずにいられなかった。

「じゃあ、クルーガさんとエリオスさんはマグリルヘイムのメンバーじゃないんですか」

「当たり前じゃない。マグリルヘイムは超エリート集団よ。クルーガごときが入れるわけないじゃない」

シーラがクルーガをなじる。

「うるせーよ。シーラ」

「俺達じゃお声がかかるどころか入りたくても入れない。リン、お前がこの中で一番出世頭ってわけだ」

アグルが愉快《ゆかい》そうに言う。

クルーガとエリオス達三人組は学院の同期だった。身分の差はあれど同じ教室で学び同じ目標に向かって進むライバルだという。

「競技では同期でクルーガに敵《かな》うやつはいないけれどね。学業の方ではエリオスの方が優秀なのよ」

シーラが言った。

リンは改めてエリオスへの尊敬の念が深まった。

リンはクルーガにも親しみを持った。写真で見る限りもっと冷たそうな感じを想像していたが、意外と気さくで面倒見が良さそうな感じだった。

レンリルの安食堂で出されるものも「意外と美味《うま》いな」とか言いながら食べて、上流階級を気取ることもない。

「クルーガも僕も独自にギルドを立ち上げるつもりなんだ。僕たちも一緒に森を探索するメンバーを探している。こいつがどうしてもリンに会わせろって聞かないからさ。ここに連れてきたんだよ」

エリオスが言った。

「これ以上マグリルヘイムに有望な新人を取られるわけにはいかないからな。で、まあ話を戻すとだ。リン、お前まだマグリルヘイムの話に返事を出してないんだろう?」

「ええ。これから協会に行って返事を書こうとしていたところです」

「そりゃあちょうどよかった。どうだ。うちに参加してみないか? 言っとくけどマグリルヘイムでやっていくのは簡単じゃないぜ。ノルマが半端なく厳しいからな。歴史の古いギルドだから古参の連中もうるせーし。それに比べてうちはたちあげたばかりだ。同年代しかいないから馴染《なじ》みやすいぜ」

「あのせっかくの申し出なんですが……」

リンが言いにくそうに言う。

「やっぱり一度マグリルヘイムに参加してみたいか」

「はい。僕に難しいのはわかっているんですが」

「ま、そりゃそうか。俺がお前の立場でもそうしてるさ」

クルーガが諦めたように言った。

「テオ、お前はどうだ？」

「はっ？　俺ですか？」

テオはいきなりクルーガに話を振られて返答に困る。

「おっとそこまでだ。リンに会わせる代わりにテオのスカウトはしない約束だよ」

エリオスが遮《さえぎ》った。

「ああ？　ケチケチすんなよ」

二人は気のおける友人同士特有の気安い口論を始めた。

「テオ。お前はどうしたい？」

クルーガがテオに返答を迫る。

「いや～。俺はまだ何も考えてないんで」

テオははぐらかした。

「はぁーあ。せっかくレンリルまで降りてきたっていうのに収穫ゼロかよ」

クルーガがっかりしたように言った。

「まあそういうこともあるよ」

エリオスが諭すように言う。

（ヤバイ。クルーガさんががっかりしている。このままじゃ帰ってしまうかも）

リンは内心焦った。まだクルーガに聞きたいことがあったからだ。

「あのっ。クルーガさん。以前からクルーガさんに会ったら聞いておきたいと思っていたことがあるんですが」

「ん？　なんだ」

「どうすればクルーガさんみたいに女の子にモテるんですか」

クルーガはこれを聞いて笑い転げた。

「ワハハハハ。リン、お前面白いな」

（これだよ）

テオは内心で舌を巻いた。リンは年上に好かれるのが上手だった。テオがリンを手放さないのはこのためだった。

リンはクルーガに女性にモテる方法を教えてもらった。身だしなみに気をつけること、たくさんアピールすること、仕事のできる頼りになる男になること、などなど。

その後も楽しい時間が過ぎた。クルーガは冗談がうまく、場を盛り上げた。リンはすっかりクルーガのことが好きになったし、クルーガもリンのことを気に入った。

やがて太陽石の光が弱まり各々が帰宅する時間になった。

「今日は俺のおごりだ。無理言ってお前らに混ぜてもらったしな」

クルーガが全員分の食事代を払う。

「リン、マグリルへイムにうんざりしたらいつでも俺のところに来いよ」

クルーガは帰り際、リンにそう言ってくれた。

その翌日、リンが学院に登校するとすでにクルーガに誘われたことが噂になっていた。

有る事無い事言われていてリンは学院での噂の伝達の速さと不確かさを思い知った。

リンは聞いてくる子達にいちいち間違って伝わっていることを訂正しなければいけなかった。

ユヴェンからの激しい嫉妬《しっと》と口撃にさらされたのは言うまでもない。


クルーガに勧誘されてご飯をおごってもらっていた時、リンは夢見心地だった。

そしてそれは森から帰ってきた今も続いている。

目の前には親しみを込めた目でこちらを見ているクルーガがいる。

「俺はお前の引き抜きをまだ諦めてないぜ。マグリルヘイムにウンザリしたらいつでも俺のところに来いよな」

「はい」

クルーガは初めて会った時と同様、気さくに手を振りながら自分の教室へと向かって行った。

3. 隠者の助言

リンはマグリルヘイムの活動について聞きたがるクラスメイトの間でしばらく引っ張りだこになった。リンは魔獣の森やマグリルヘイムのメンバーの様子について聞かれる度に何度も同じ事を話した。

魔獣の森に行く前と後で変わったことがもう一つある。

リンに小さな相棒ができた事だ。魔獣の森から連れ帰って来たペル・ラットは、授業中も工場にいる時もいつもリンにくっついてきた。

時にはリンの肩に乗り、時には服の中に隠れるなどして片時も離れなかった。

リンはペル・ラットにレインという名前をつけた。

レインはリンが同級生よりも一足早く魔獣の森を探索した生きた証となった。女子ウケも地味に良かった。レイン目当てで話しかけてくる子もいた。そのうちレインはリンのトレードマークのような存在となっていく。

「次はいつマグリルヘイムの活動に参加するの？」

リンはこの質問に首を傾げた。次はいつ呼ばれるのだろう。

（そういえば何も聞いていないないな）

「まあそれはおいおい連絡がくると思うよ」

リンはそう答えておいてはぐらかした。

ある日、リンが教室で席に座るとユヴェンが自分の方をチラチラと見ていることに気づいた。

リンが彼女の方を見ると彼女はサッと視線を外した。

彼女もリンの話を聞きたがっているのだと思った。

リンは久しぶりにユヴェンに話しかけてみることにした。

「ユヴェン。久しぶり」

「あら、リンじゃない。帰ってきてたのね」

ユヴェンは驚いたような顔をする。まるで今リンがいるのに気づいたとでもいうような反応だ。

リンは心の中で苦笑した。

「マグリルヘイムの活動お疲れ様。それで何か人脈はできたのかしら？　誰か上級貴族のお茶会に呼ばれたりした？」

「いや、そういうのはないね。でも自分より力のある魔導師の人たちと接することができて、とても勉強になったよ」

「それは残念だったわね。無駄足ご苦労様。まあ仕方ないわよ。あなたの身分ではね」

そう言うとユヴェンはさっさと向こうに行ってしまう。彼女は相変わらずお茶会のことしか頭にないようだった。

（相変わらずだなぁ）


「なに？　貴族の女が気になるだと？」

シャーディフはしばしば作業の手を止めてリンの方を向いた。その表情は呆《あき》れ果てているといった感じだ。

「やめとけ。やめとけ。身分を超えた恋愛なんてやるもんじゃねーよ。めんどくさいだけだ」

「はあ」

リンは気の無い返事をしながら目の前の機械に配線を繋ぐ。リンとシャーディフは『機巧魔法・初歩』の授業を一緒に受けているところだった。

「人間には分相応の生き方ってもんがある。俺はそれを超えようとする人間をゴマンと見てきたがな。みんなことごとく不幸になったよ」

「でも魔導師になれば身分は関係ないって、貴族も奴隷も関係ないってテオは言ってましたよ」

リンはムキになって反論するというほどでもなくあくまで普段通りの調子で言った。

「あのなぁ、リン。それは建前ってもんだ。しかもお前は奴隷階級出身だろ。貴族の娘となんて結婚しようものなら親類縁者全員出張ってきて結婚を阻止してくるだろう。下手すら社会的に抹殺されかねんぞ」

「別に僕も彼女とどうこうなろうというわけではありませんよ」

リンは肩をすくめてみせる。

「ただ彼女はやたらとテオに絡んでくるんです。僕はいつもテオのそばにいるでしょう。そうなると嫌でも目につくし、時々僕の方にも話を振ってきたり、場合によっては手が触れ合うこともあるんです。彼女が僕のことなんて気にしてないのはわかっているんですが……どうもね」

「なるほど。それは厄介だな」

シャーディフは腕を組んで考え込む。リンはクスリと笑う。こんなしょうもない相談でも真面目に考えてくれるのがシャーディフのおかしなところだった。

（こういう風に要領が悪いから何度も学院を留年しちゃったんだろうな）

リンは『機巧魔法・初歩』の授業を通してシャーディフと親しくなっていた。『機巧魔法・初歩』の授業は基本的に二人一組で行う作業が多かったが、テオは早々にやめてしまったため、リンは毎回シャーディフと組んで作業していた。

初めは彼のことを怖がっていたリンだが、話しているうちにさすが歳を取っているだけあって、世間のことに精通しており、ためになる話をたくさん聞けた。

しかも彼はその世捨て人のような身なりとは裏腹に朗らかで面白く一緒にいて楽しめる相手だった。

リンのような年下に気安くされても嫌な顔をせずにむしろ対等に接したがる。年上の話を聞くのが好きなリンはすぐにシャーディフに懐いた。

「それにしても……」

リンは目の前の作業を見て溜息をついた。

「気の滅入《めい》る作業ですね機巧魔法っていうのは」

渡された設計書通りに機械を組み上げるのがその内容だが、その作業は煩雑《はんざつ》で退屈だった。初めは設計書に沿って行われる作業を楽しんでいたリンだったが、今では延々似たような作業をチマチマ繰《く》り返すことに辟易《へきえき》していた。

機巧魔法が近年にわかに脚光を浴びて発達してきた分野であるのは本当のことのようだ。

しかし『機巧魔法・初歩』の授業は言ってみればブラックバイトだった。手当つきで将来に役立つ知識も学べるという触れ込みだったが、その手当は薄く、学べることは無いに等しかった。

こなした設計書の数だけ歩合制で給料が支払われるのだが、実際にかかった作業時間をもとに年間の給料を換算してみると、その辺のアルバイトよりも割に合わない労働であることが分かった。授業時間だけで、あるいは授業時間外に作業したとしても、年間百万レギカ稼ぐのは不可能だった。

テオはそれが分かるや否や「やってられるか」といって授業を無断欠席するようになった。一方リンは世の中の仕組みについてつくづく思い知らされた。

「当たり前だろ。これはブラックバイトなんだからな」

シャーディフがさもありなんとばかりに言う。

「やっぱりそうなんですか」

「機巧魔導士が塔の上層階で知能職かつ高給取りなのは本当だ。ただし身についている技能や知識によって格差の激しい職業でもある。何重にも下請けが存在する重層的な構造をした業界なんだよ。上流工程は高い知識と技能を求められる代わりに高給だ。一方で下流工程は低い知識と技能でも請け負えるが割に合わない薄給。ここは下請けも下請け。ま、最底辺ってところだな。こんな設計書が読めるようになっても大して将来の役に立たたん」

「そこまで分かっててシャーディフさんはどうしてこの授業に出るんですか」

「借金で首が回らないからに決まってんだろ。俺は学院に二十年近く在籍して、その間ずっと奨学金で学費を払ってるんだぞ。もはや返済は不可能だ。利子を払うことすらままならん。そこで魔導師協会と交渉した結果、奴らが借金返済の代わりに提示してきたのがこの授業を受けることだ。奴らとしても魔法文字を読み書きできてかつこういう低級労働をしてくれる人材は不足しているようでな。かろうじて売り飛ばされずに済んでいるというわけだ」

「はあ」

リンは少し呆れた。そこまでして学院在籍にこだわる意義はあるのだろうか。借金で首が回らなくなる前にほどほどのところで諦めていればもっとマシな人生を送れただろうに。

「ま、とにかく手当の出る授業はほとんど授業の名を冠したブラックバイトだ。でない方が賢明だぜ」

「はい。僕とテオも後期はこの授業に出ないつもりです。代わりに有料の授業を何か受けようと思っています」

「賢明な選択だ、と言いたいところだが実はそこにも罠がある。高額の授業ばかりとっていると奨学金の借金が膨《ふく》れあがって地方での仕事じゃ食っていけねぇ。さらに塔の各階層に出入りするためには学院での学費のように実質的な在籍費がかかる。それは階層が上がるごとにどんどんカサ増しされていく。そこで高い給料をゲットするために命懸けで塔の頂上を目指す必要があるわけだ。そうして魔導師達は否応なく才能によって選別される。才能のある奴はどこまでも登り詰め高給の仕官先と名誉、さらには権力を手に入れる。一方で才能のない奴は借金でにっちもさっちもいかなくなり、やがて奴隷として売り飛ばされるか、あるいは俺のようにダラダラ塔の隅っこに居座るかだ。貴族や資産家であれば実家に金を肩代わりしてもらえるがな。しかし深入りすれば奴らとて人生が狂うだろう」

「……となると、やっぱり無課金の授業だけで、なるべく授業料を節約して卒業した方がいいんですかね」

　そう言うとシャーディフはまた腕を組んで難しい顔をする。

「そうだな。確かに無課金の授業だけで卒業すれば奨学金返済の圧力は幾分か弱まるだろう。しかしそこにもまた罠があってだな……。まあそれはここで暮らしていればおいおい分かるだろう。とにかくこの塔で暮らしていきたいなら身の振り方についてきちんと考えなくちゃならん。特にお前のように身寄りのない奴はな」

　そこまで言い終わるとシャーディフは急に顔をしかめる。

「っ、今日は調子が悪いな」

　シャーディフは配線を繋げる作業をしていた。魔力を注ぐことで接合部が変形してつながる仕組みになっているが、シャーディフはうまく魔力を出せないようだった。リンはシャーディフの代わりに配線に魔力を注ぐ。

「すまんな」

「……いえ」

「この齢《とし》になってくるとちょっと魔力を出すのにも難儀する。こんな簡単な作業にも手こずっちまう始末だ。まあろくに修行せずにダラダラ過ごしていたのが悪いんだろうがな」

　さすがにシャーディフは疲れたような表情を見せる。

　どれだけ強がっていても彼の浪費した年月と体力の衰《おとろ》えは隠しようもなかった。

「あなたももっと真面目に勉強していればこんなことにはならなかったでしょうに」

「確かに俺にも不真面目な部分はあったかもしれん。だが、そういう問題でも無いんだよ。そもそも俺には才能が無かった」

シャーディフはため息をつきながら遠くを見るような目になる。

「俺も一時は高等クラスまで上り詰めたんだがな。そこで何をやっても勝てない奴に会っちまった。同期だったが、俺はそいつが天才だと思ったよ。しかし奴でさえ、二百階が限界の凡人だった。塔の上層にいる真の天才からすれば俺とあいつなんてミジンコとアリンコくらいの違いでしかねえ。それが分かってからは何をやるにもやる気が出なくてな。落第と留年を繰り返し、今では必死にアルフルドにしがみつくだけの人生だ」

「どうしてそこまでしてアルフルドにこだわるんですか？　レンリルなら多額の借金を背負わなくても暮らしていけたはずなのに」

「見てみたいんだよ。俺や同期がどれだけ足掻《あが》いて手を伸ばしても届かなかった、この塔の頂点、天空の住人になる奴のツラをな。そのためにはレンリルではダメだ。アルフルドならわずかとはいえ上階層の情報が伝わってくる。アルフルドで踏ん張る必要があるんだよ」

リンは苦笑した。

「あなたも酔狂《すいきょう》な人ですね」

リンは呆れはしたもののその人生を棒に振る潔《いさぎよ》い生き様には感じるところがないでもなかった。

「それで、千階層に到達しそうな人は見つかったんですか？」

「ああ、見つかった」

「見つかったんですか?」

「ドリアスってやつだ。まだ学院生のひよっこ魔導師だが、やつは間違い無くここ二十年で最高の逸材。覚えておいて損はないぜ」

「学院生の時点で才能があるかどうかなんて……そんなことどうやって分かるんですか」

「ふっ。リン、俺をなめんじゃねーよ。これでも人間だけはたくさん見てきた。そいつらのたどった運命もな。今となっては顔を見ただけでそいつの才能が大体わかるようになったぜ。こいつは二百階までが限界、こいつは三百階までが限界、といった風にな」

(ふむ)

リンはこの話題に興味を持った。シャーディフの言い方はいかにも自信あり気だ。彼には魔導師の才能を見抜く眼力が本当にあるのかもしれない。

リンは以前から気になっていた疑問をシャーディフにぶつけてみることにした。

「では僕はどうですか。僕にはどのくらいの才能がありますかね。天才になる可能性とかありますか?」

シャーディフはチラリとリンの顔を見ただけですぐに作業に戻る。

「ないな。お前からは何の才能も感じられん。たゆまず努力を積んだとしても百階まで、さらに運に恵まれたとしても二百階が限界だ」

シャーディフは繋いだ配線を『作業後』と書かれた箱の中に放り込む。

「悪いことは言わん。さっさとこの塔から離れろ。俺のようになる前にな」

リンは話半分に聞いておくことにした。

4．エリオスの卒業

リンが学院の授業に戻ってしばらくは多忙を極めた。

同級生に引っ張りだこだったことに加え、マグリルヘイムの活動に参加している間も授業は続き、課題は出続けていたため、リンは遅れを取り戻さなければならなかった。

そんなリンを助けてくれたのはやはりエリオス達だった。彼らはわざわざリンのために自分達の過去のノートまで引っ張り出して手伝ってくれた。

「すみません。エリオスさん。卒業試験が近いっていうのに」

「気にしないでくれ。それよりも君の課題の方が先決だ」

リンがマグリルヘイムの一員に抜擢《ばってき》されて以来、エリオスのリンを見る目は変わっていた。以前まではせいぜい自分に懐いている可愛い後輩に過ぎなかった。

その時から色々と世話を焼いてくれてはいたが、以前にもましてエリオスはリンに期待するようになった。

「僕は君の資質を測り損ねていたようだ。以前から見所があるとは思っていたが、まさかマグリルヘイムのメンバーに選ばれるなんて。今まで平民階級でマグリルヘイムのメンバーに選ばれた生徒はいない。はっきり言って快挙だよ」

エリオスは熱っぽく語った。

(僕は奴隷階級なんだけれどな)

階級意識は学院の生徒の間でも出身国や地域によってマチマチだった。

貴族階級とそれ以外に身分の差があるのは誰もが認めるところだったが、平民と奴隷の違いについては人によって見解の差があった。リンの同級生にもリンの階級について意識する生徒と意識しない生徒がいた。

平民階級と奴隷階級の差について「一緒じゃね?」と言って大して気にしない生徒もいれば「君はもう少し振る舞いに気をつけたほうがいいよ」と平民階級でもリンとの階級差を強く意識する生徒もいる。

テオはリンの階級を気にしたことなんてない。エリオスもリンのことを平民階級と考えているようだった。

「君には才能がある。君なら塔の上階層にだって到達することもできるだろう。僕にできることなら何でも言ってくれ。君が学院を卒業できるように惜しみない援助をするよ」

リンはエリオスのことを尊敬していたのでこういう風に言葉をかけられて嬉しかった。

「いいかい。魔導師として身を立てたいなら学院の授業をとにかく熱心に受けて試験で高得点を取ることだ。先生や年長者の言うことをよく聞いて規則を破ってはいけないよ。長い目で見ればその方が必ず報われるんだ」

（ティドロさんの教えとは正反対だな）

エリオスの教え方が性に合ったので、リンは彼の考え方に従うことにした。

「魔導師にとって知識は地力のようなものだ。たくさん本を読むんだよ。その分君の力になるんだから」

エリオスはこうも言った。

「平民階級には人材が不足している。優秀な人材が必要なんだ。だから僕自身身を立てたいと思っているし、君やテオのように将来有望な後輩も応援したいんだ」

リンはエリオスの期待に応えたいと思った。


学院での生活はレンリルで見習い魔導師をしていた頃に比べると信じられないくらい多忙だった。

リンが学院での授業、工場での労働、アルフルドでのバイトをこなしていくうちに季節は巡っていく。

そうこうしていく内にエリオスが卒業試験に受かり塔の百階へと進む権利を取得した。

リンはエリオスが九十九階、試練の間から百階へと進むところを見届けに行った。そこにはシーラやアグルだけでなく、普段からエリオスと仲の良い友人や彼を慕っている後輩がたくさん集まっていた。クルーガもいる。

「エリオスさん。おめでとうございます」

「リン。君もわざわざ来てくれたのか」

リンが声をかけるとエリオスも笑顔で応じる。エリオスは百階層の魔導師の証である水色のローブを着ていた。こうして見るとエリオスはもう学院の生徒ではなく、独り立ちした魔導師なのだと実感した。

「もちろんですよ」

「ということはテオもいるのかい？」

「あっ、テオはですね。テオの姿を探してキョロキョロする。

エリオスはテオの姿を探してキョロキョロする。

リンははぐらかした。本当のところ単にテオはめんどくさくて来ていないだけだった。

リンは塔の上層に興味があるけれどテオは興味がないからエリオスが百階に行こうが何階に行こうが大した問題ではなかった。

（テオのやつ。こんなに目をかけてもらってるっていうのに……）

「そうか。それは残念だ。しばらくは百階より下には来れないからね」

「やっぱりしばらく帰ってこれないんですか」

「ああ、百階以上は学院や魔獣の森とは比べ物にならないくらいの難関だ。とてもじゃないがしばらくはレンリルや学院に顔を出すことはできないと思う」

「頑張ってください」

「君たちもね。勉強をサボってはいけないよ。塔の上階で待っているから。テオにもそう言っておいてくれ」

「うっ、は、はい」

「おーい。エリオス。そろそろ時間だぞ」

集まっている人間の一人がエリオスに声をかける。

「ああ、今行くよ」

最後に乗り込む前にシーラやアグル、クルーガといった仲のいい人間が声をかける。

「気をつけてね。エリオス」

「無理すんなよ」

「ああ、大丈夫さ。……クルーガ。君も来てくれたのか」

エリオスが意外そうに言った。

「当たり前だろ。何せ親友の晴れ舞台だからな」

クルーガが何でもないように言った。

「全く。お前ってやつは。俺がまだ九十階の授業でてこずってる間にさっさと卒業しやがって」

実際のところエリオスは破格のスピードでの卒業だった。同期の間では最も早い卒業で、歴史ある学院の中でも久しぶりの駿才ともっぱらの評判だった。

「君は寄り道しすぎだよ」

「にしてもお前の卒業する速さは異常だっての。学問の魔導師ゼウルスでもびっくりのペースだぜ」

「よせよ。大袈裟《おおげさ》だな」

二人は和やかに会話する。

リンは二人のやり取りから本当に認め合った者同士の絆を感じた。

「エリオス。最後に一言皆になんか言え」

アグルがいよいよ別れの時間が迫っているのを確認して催促《さいそく》する。

「わかった。みんな聞いてくれ」

エリオスが集まった人全員に向かって声をはりあげる。

「僕が卒業を急いだのは他でもない。平民階級の地位向上のためだ。塔の上階に在籍する魔導師は明らかに貴族階級に偏っている。それが塔の内部、そしてその他の場所でも様々な形での格差につながっていると思うんだ。そして平民階級から偉大な魔導師が輩出《はいしゅつ》されるのを妨げている。だから僕は同じ志を持つものを募るためにギルドを立ち上げる。今は、学院を卒業したばかりの魔導師に過ぎない僕のギルドに来てくれる人はいないだろう。でもこの上、百階層以上のところで成果を上げることさえ出来れば状況は変わってくるはずだ。僕では偉大な魔導師になれないかもしれない。けれども一つ一つの行動が重なって、きっといつか平民階級から偉大な魔導師が輩出されるようになるはずだ。それが当然の社会を僕は目指したい」

集まった人達から拍手が巻き起こる。

リンもエリオスの志に感心した。

(さすがエリオスさんだな。自分のことだけでなくみんなのことも考えてるなんて)

ふとクルーガのことが気になった。彼はやんごとなき上流階級の子息だ。この演説を聞いて不快

に思わないのだろうか。

リンがクルーガの方を見ると彼は喜ぶでもなく、苦々しい表情をするでもなく、なんともなしに聞いていた。まるで話そのものに興味がないとでも言うように。リンはクルーガのこの態度になんとなく違和感を感じた。

「それじゃ行ってくるよ」

最後にエリオスはシーラとアグルと抱擁してエレベーターに乗り込む。

「エリオス！」

クルーガが呼び止めるように名前を呼んだ。

「？　なんだい」

エリオスが訝《いぶか》しげにクルーガの方を見る。クルーガはしばらく沈黙した後、「……いや、なんでもない。気をつけてな」と言った。

エリオスは涼やかに笑い、「君も早く来いよ。百階まで」と言ってエレベーターに乗り込んだ。

エリオスを乗せたエレベーターは重々しい音を立てて百階層まで上がっていく。

「エリオスさん、大丈夫でしょうか」

リンはなんとなく不安になってシーラに話しかける。

「大丈夫よ。エリオスはいつも誰よりも早く成長してきたんだもの。百階層でだって同じよ。きっと一段とたくましくなって私たちの前に戻ってきてくれるわ」

5．テオの怪しい行動

リンは学院からアルフルドの自室に帰ると、ロビーから持ってきた新聞を広げる。

（さーて、今日はどんなニュースが載っているかな）

目当ての記事を探して新聞をめくっていく。

リンが知りたいのは百階層『雛鳥《ひなどり》の巣』で起こったこと、もっと言えばエリオスの消息に関してのことだった。

アルフルドで発行されている新聞には学院都市における話題だけではなく、百階以上で起こった事件についても記事が掲載されている。

リンは読み始めてから知ったが、新聞はレンリルにおいては発行されていなかった。

レンリルには魔法文字もろくに読めない者しかいないのだから、考えてみれば当然のことだった。

シャーディフの言っていた、アルフルドでなければ上階層の情報が入らないということの意味が分かった。

リンは二百階層以上の出来事やアルフルドに関する記事は飛ばして百階層のことについて載っているページを目指して紙面をめくっていく。

（お、あった）

リンはエリオスについての記事を見つけてページをめくる手を止める。

見出しにはこうあった。

『学院開設以来の秀才、百階層に到達』

リンは内容にも目を通していく。

そこにはエリオスの経歴とその才能について詳らかに書かれていた。

学院を異例の速さで卒業。

その卒業スピードは長い学院の歴史から見ても異例の速さで、学問の魔導師ゼウルスにも匹敵しうるものであること。

平民階級においては快挙であること。

今後の活躍に期待がかかっていること。

リンは記事を読み終わった後、改めてエリオスへの尊敬の念を深めた。こんな風に特集されるなんてやっぱりすごい人なんだな、と。

(僕もエリオスさんのようになるため頑張らなくっちゃね)

リンはそれだけ考えると新聞を閉じてルームメイトに声をかけた。

新聞は共同で購読しているため自分が読み終わったら他のルームメイトに回すのがルールだった。

リンは新しくルームメイトになった二人に声をかけたが、二人とも、もう読んだ後だったので、テオに声をかけた。

「テオー。新聞読むー?」

「いや、いい」

テオはそっけなく言った。

彼はこちらを見向きもせず机の上で何やら紙に図を描く作業に熱中している。

最近の彼はずっとこの調子だった。

仕事もサボりがちで授業中ですら隙を見ては何か作業している有様だ。

初めは何かの授業対策かとも思ったが、製図が必要な科目は冶金魔法の授業以外特にないはずだった。

そしてテオは冶金魔法の単位を既に取得している。

これについてテオはリンに何も教えてくれなかった。何か聞いても「いずれ話す」の一点張りだった。

（ったく。一体何やってんだか）

リンは肩をすくめて新聞を元の場所に戻す。

リンはマグリルヘイムからの招集を心待ちにしていたが、知らせは一向に届かなかった。

魔獣の森から持ち帰ったアイテムはいい値で売れる。

イリーウィアのこの言葉は本当だった。

彼の戦利品はキマイラから獲得したアイテムの他、ブルーゾーンにおいて獲れる魔獣や鉱石、薬草のみだったが、試しに市場で売値を聞いたところ十五万レギカほどになるということだった。

リンはむしろ毎日でも魔獣の森に行きたいくらいだった。

それだけに召集がかからないのは彼を焦《あせ》らせた。

リンは自分の預金口座の残高に目を通してため息をつく。

預金残高は万レギカほど。

(今月もギリギリだな)

アルフルドでの生活は予想以上に費用がかかった。

おまけに最近、テオは仕事をサボりがちで、リンから借りるお金をあてに生活している。

仕方なくリンもレンリルに降りて昼食をとるなど節約し、アルバイトも掛け持ちするなどしているが、それでもいっぱいいっぱいだった。

学院での修学にも支障をきたし始めている。

とはいえリンはレンリルに住居を戻す気にはなれなかった。何だかんだ言って便利なアルフルドの生活から離れられなくなってしまっていた。

(みんなこうしてアルフルドに囚《とら》われて留年していくんだな)

リンは日に日に憂鬱《ゆううつ》になっていった。このままでは本当にシャーディフのようになってしまう。

マグリルへイムに呼ばれないのはリンの学院での立場も微妙なものにした。

「ねえ。まだ次回の活動に招集されないの?」

マグリルへイムの話を目当てにリンに話しかけてくる子達は会うたびにそれを聞いてきた。

リンとしてもなぜ呼ばれないのか分からないので答えようがなかった。

「分からないんだ。僕の方からマグリルヘイムに問い合わせる手段がなくってさ。いつも連絡は向こうから来るのを待つしかないんだ」

クラスメイト達はリンのあやふやな答えを訝しんだが、彼はそう言ってはぐらかすしかなかった。

そうこうしているうちに、マグリルヘイムが今期二回目の魔獣の森探索を始めたという知らせが学院初等クラスにも届いた。リンは呼ばれなかった。

ここに来てリンも自分が切られたことを悟らざるを得なかった。

クラスメイト達は一斉にリンに疑惑の目を向ける。

ユヴェンはここぞとばかりにあることないこと吹聴した。

「やっぱりね。おかしいと思ったのよ。あんなパッとしない子が抜擢されるなんて。指輪魔法の時にも不正を働いたに違いないわ。きっと生活が苦しくって必死だったんでしょうね。かわいそうに」

このように同情するふりをしながら巧妙にリンを不正の容疑者に仕立て上げていった。

リンはクラスメイト達の同情の視線に耐えなければならなかった。

しばらくクラスの中で居心地の悪い思いをしたリンだったが、人々のリンへの興味は時間が経つにつれて次第に薄れ始め新しい話題へと移っていった。年に一度の祭典、魔導競技の話題であるまたユヴェンもリンを中傷する一方で、リンへの興味を無くしつつあるのを感じていた。

（やっぱり大したやつじゃなかったわね。全く。一時とはいえ私もなんでこんな奴にこだわってた

んだか）

ユヴェンも以前のように戻っていった。リンのことを無視し、テリムに声をかけ、テオにはちょっかいを掛ける。

リンは一抹の寂しさを覚えながらも平穏が訪れたことにホッとした。

しかし財務事情は一向に好転しなかった。

妖精魔法の授業。

リンは板書をきっちりノートに取っていたが、隣でテオは授業と全く関係ないことをしていた。

最近のテオは、授業は省エネモードで相変わらず何かよくわからない本を読み、製図に精を出していた。もともとあんまり授業を聞いていなかったテオだが、最近はますますその傾向が強くなっていた。

今も妖精魔法の授業とは全く関係のない本を机の上に広げては、紙に何か図を描いている。

リンがテオの読んでいる本を見てみると『質量魔法応用』『エレベーターの運用初歩』『石盤の作り方』といったタイトルが並んでいる。

（本当に何やってんだよこいつ……）

「リン」

ケイロン先生がリンの名前を呼んだ。

「はっ、はい」

「何をよそ見してるのかな？　授業をちゃんと聞かなきゃダメだぞ」

「すみません」

最近テオが原因で、ケイロンのリンを見る目が厳しくなっていた。以前は授業を聞かないテオを直接叱ったが、その時テオはケイロンをあっさり言い負かしてしまった。

テオと直接やり合えば彼の威厳が損なわれる恐れがある。そういうわけで彼は最近、リンを叱ることで間接的にテオを牽制《けんせい》していた。

（うう。なんで僕が……こんな目に）

リンがテオの方を見ると相変わらず謎の図面とにらめっこしながら腕を組んで考え事をしている。

リンは苦笑した。

彼のこういう真剣な態度を見ると怒る気になれなかった。

リンはなんだかんだ言ってテオのことを信頼していた。

（大丈夫。もう結論が出るさ。そうすれば理由を話してくれるはず）

実際、彼が腕を組んで考え事をしている時は、考えがまとまるまであと少しのサインであることをリンは知っていた。

何かやるにしてもやらないにしても、もうすぐなんらかの結論が導かれるはずだった。

「そうか！　分かったぞ」

リンが板書を写す作業に戻ろうとした時、突然テオが叫び出す。

テオは立ち上がって教室を出て行こうとする。

「おい。どこに行く」

ケイロン先生が止めようとした。

「すみません。早退します」

テオはケイロン先生の制止にも振り向かず駆け出していった。

ケイロン先生はリンをジロリと睨《にら》んだ。

リンは愛想笑いを浮かべる。

（なんで僕が……）


リンは職員室でこってり絞られた後、アルフルドの自室に帰った。

「う〜、ただいま〜」

「お、おかえり」

自室に戻ると既にテオは帰っていた。しかも妙に顔が明るい。リンはさすがにイラッとした。

「帰るの遅かったじゃねーか。どうしたんだよ」

「どうしたじゃねーよ！　君の身代わりになぜか僕が怒られて職員室に呼び出されたんだよ。アホ！」

「そんな意味不明な呼び出しバックレればよかったのに〜。いや、ごめんごめん悪かったよ」

リンがジトッとした目で見るとテオは笑いながらも謝ってくる。

「いい加減何やってるか教えてくれよ。もうこれ以上は付き合いきれないよ」

「大丈夫。もうめどはついたから」

「めど？　一体何の？」

「思いついたんだよ。エレベーターの理不尽な徴税を免れる方法を。この方法ならレンリルからアルフルドまで品物を運んでも課税されずに済む」

（こいつ……まだ諦めてなかったのか……）

リンはテオの諦めの悪さに愕然《がくぜん》とした。

「これでもう工場で働かなくてすむぞ。いいやそれだけじゃない。うまくやれば大儲《おおもう》けできる。学費やアルフルドの生活費に悩むことはなくなるはずだ」

6. テオ、新しい商売を始める

太陽石の光が弱まり、アルフルドの街に夜の帳が下りる。

リンとテオは新しいルームメイトの二人が眠りについたのを確認した後、ひっそりと音を立てずに部屋を出た。

二人はエレベーターに乗って九十階層に向かった後、街の市街地から外れ外郭部の方へと向かっていく。

夜のアルフルドは昼間の賑やかさが嘘のように静まり返っている。通りは真っ暗で月明かりすらない。店々は扉を閉め、家々は灯《あか》りを落とし、街全体が眠りについているかのようだった。

この深夜にも灯りがついている建物がちらほらとあるにはあるが、それらはいずれも学院生には似つかわしくないいかがわしい店ばかりだ。店には夜の光に集まる蛾のように街のあぶれ者共が群がっており、怪しげな雰囲気を醸《かも》し出していた。

リンとテオはこれらの店を避けながら、指輪の光を頼りにして闇夜の街を小走りに駆けた。誰かに見つからないよう音を立てずに急ぎ足で。

「テオ、こんな夜中にどこまで行くんだよ」

リンが曲がり角に差し掛かった時、小声で聞いた。

「しっ。着けばわかるから」

リンは仕方なく黙ってテオの後についていった。

この辺りは寂《さび》れて人の気配がしない建物ばかりの場所だった。昔は工場地帯だったらしいが、レンリルで安い労働力が使われるようになってから軒並み廃業に陥《おちい》った。

今では浮浪者とカラスや捨て犬、野良猫の住処《すみか》になっている。不気味なため、堅気の者は誰も近寄りたがらない。

リンはここの住民達と目を合わせないように注意しながら道を進んだ。

旧工場地帯の中ほどに来たところでテオは一つの大きな建物の中に入った。

リンも恐る恐る後についていく。

工場の中には打ち捨てられた道具や機械が散見され、サビや油のすえた臭いが漂ってくる。

リンは年季の入った異臭に顔をしかめた。

「ひどい臭いだね」

リンが思わずつぶやく。

「昼間来た時に消臭しといたはずなんだけれどな。もう一度取っておくか」

テオがポケットから紙を取り出す。紙には妖精魔法の魔法陣が描かれていた。妖精が宿っている証拠だった。

「妖精よ。ここら一帯に充満している悪臭を取り除け」

テオが呪文を唱えると妖精が喚起され、臭いを取り払っていく。

リンは空気が清らかになっていくのを感じてほっとした。

「テオ。そろそろ説明してくれよ。ここに一体何があるんだい？」

「僕達を金持ちにしてくれる打ち出の小槌さ」

リンは胡散臭《うさんくさ》げにテオの顔を見る。

「論より証拠だ。この部屋を見てくれ」

テオが建物の一室にリンを招き寄せる。

「これは……」

リンが部屋で目にしたのは巨大な穴だった。

広い部屋の中央に真っ黒な穴が空いている。

リンは穴の中から風が出ているのを感じた。相当に深い穴だとわかる。試しに指輪の光を当ててみたが、それは穴の縁の方を照らすだけで底は一向に見えなかった。

「すごく深い穴だね。一体どこにつながっているの？」

「レンリルだ」

「えっ？」

「ここら一帯が以前工場地帯だったっていうのは知っているよね。この穴は昔、坑道として使われていたんだ。ここから魔獣の森付近で産出された大質量の鉱石や木材が、一旦レンリルを経由して運び込まれていたらしい。今となっては役目を失い忘れ去られているけれどね」

「よくこんなの見つけたね」

「ここが工場地帯って聞いた時から変だと思っていたんだ。その割にこの辺にエレベーターの数が少なすぎる。廃止された路線があるんじゃないかと思って古い資料とか調べたら案の定さ」

リンは思わず旧坑道を覗き込む。それは現在、塔で主要に使われているエレベーターに比べるとかなり粗《あら》っぽく作られたトンネルだった。

無造作に掘られ、穴の中の壁は申し訳程度に舗装《ほそう》されている。

まだエレベーターの魔法が十分に発達していなかった時代に運用するのは大変だっただろう。リンは先人の苦労を偲《しの》ばずにはいられなかった。

「この坑道は現在、魔導師協会も管理していない。つまりここを使えば徴税を食らうことなくレンリルで買ったものを好きなだけアルフルドに運び込むことができる。九十階まで運べばこっちのもんだ。レンリルからアルフルドに運び込む場合は徴税されるけど、アルフルド内ならいくらエレベーターを使っても徴税されることはない。それはもう実験済み。つまり俺達でこの坑道にエレベーターを作ってここまで運ぶことさえできればアルフルドのどこにでも品物をばら撒くことができる。もちろん俺達の家にだって運び込める」

「エレベーターを作るなんて……そんなことできるの？」

「できる。考えてもみろ。エレベーターはただの檻やら箱やらに質量魔法をかけて動かしているだけだぞ。檻《おり》や箱なんてたいした値段でもないし、僕らでも十分購入できる。通り道を確保してきちんと道なりに動かすよう設定すればあとはいつものように呪文で動かすだけさ」

（そうか。それであんなにエレベーターや質量魔法に関する本を読んでいたのか）

リンはようやくここ数日のテオの行動に合点がいった。

「なるほど確かにそれならエレベーターを作ってレンリルからアルフルドまでモノを輸送することはできそうだね。……でもそんなことして怒られないかな」

「うん。だからこっそりやる」

次の日から二人の試行錯誤が始まった。

リンとテオは授業が終わると工場にも行かず、かといって図書館にも行かずいそいそと九十階行きのエレベーターに乗り込む。

そのあと人目につかないように秘密の坑道まで行って品物の輸送実験を行った。

初めはなかなか上手くいかなかった。

坑道のレンリル側入り口と思われる場所から檻に魔法をかけてあげてみるが、途中で引っかかったり破損したりしてしまう。

その度に二人は坑道の中がどうなっているか塔の見取り図と坑道の古い資料を見比べ、図面を描いて、あーでもないこーでもないと議論する。

しかし努力の甲斐《かい》あってついに二人は坑道にある障害物をすべて取り除くことに成功する。

エレベーターを道筋に沿って正しく動かすこともできるようになった。

こうしてようやく檻がアルフルドの入り口までたどり着いたと思ったら今度は別の問題が発生した。エレベーターの中身が大量の砂に埋もれていたり、破損してぐちゃぐちゃになっていたりした。

そのため二人は箱を冶金魔法で補強して強くしたり、檻ではなく隙間のない箱を独自に設計して作ったりしなければならなかった。

こうしていくつもの障害を克服し、何度も試行錯誤して、ついに品物の大量輸送に成功する。

箱とその中身が無傷でアルフルドまでたどり着いた時、二人は歓声をあげた。

魔導師協会の徴税官が取り立てに来ることもなかった。

「やったね。これで僕達アルフルドでの生活を続けていけるよ」

リンはそう言って無邪気に喜んだ。

しかしテオはそれだけで満足しなかった。

彼はレンリルで買った日用雑貨や消耗品を自室に運ぶだけでなく、闇取引を始めた。つまりレンリルとアルフルドの物価の差によって生じる利鞘《りざや》で儲ける。口の堅い人にだけ話を持ちかけ、独自のネットワークを作り、闇市場《やみいちば》を作り出した。

初めは街の外でこっそり売るだけだったが、買い手は予想以上に多かった。そのうち市街地にも闇市場を進出させる。

当然他の商店からの苦情が来た。

「安く売りすぎだぞ。いったい何を考えているんだ」

しかしテオはこの逆境をむしろチャンスに変えた。

「皆さんの店に僕達の商品を卸売りさせてもらえませんか。きっと今の購入先より安く買えると思うんですが」

他店はテオのこの提案を歓迎した。二人の売り先は消費者から商店に変わった。

テオが商店との交渉を担《にな》う一方で、リンは秘密の通路から物資を輸送する役割を担った。彼はテオの手となり足となりコキ使われてしまうが、その代わりアルバイトは辞めることができて、以前よりも時間は取れたし収入も上がった。

テオはこれだけでは終わらなかった。市場に自分の考えが受け入れられると見るや否や、さらに事業を拡大しようと考えた。

港から直で商品を輸入し、流通にも手を広げようとしたのだ。それだけではなかった。卸せる商品数とラインナップを増やし、さらには日用雑貨や消耗品以外の商品にも手を伸ばすため、エレベーターの増設を計画し始めたのだ。

(絶対バレる。手を広げすぎだ)

リンはハラハラした。テオにやめるよう言っても聞かなかった。

「いやだ。僕は絶対にやめない。こんな理不尽な規制、徴税システムがあるのが悪いんだ。僕のやっていることは市場から見れば正義なんだ！」

「そんなこと言っても規則を破ったら罰が降りかかってくるよ。ね、もうやめよう。十分な収入ができたじゃないか」

しかしテオはリンの言うことに耳を貸さなかった。

むしろより過激な方法を模索し始めた。

協会の人間と癒着《ゆちゃく》して買収することを思いついたのだ。

（これは僕が育てたビジネスだ。誰にも潰させやしない）

「協会のそういうことを取り締まってる組織に接近するんだ。そいつらに金を握らせる」

リンはテオの大それた考えに真っ青になる
「これは不当な規制との戦いだ！　絶対に屈するもんか」

テオは事あるごとにそう息巻いた。

（趣旨変わってるよ……）

リンはアルフルドで快適に住めさえすればそれで良かった。しかし事態は彼の思惑を大きく超えてあらぬ方へ向かおうとしていた。

リンの収入は着実に増加していった。

しかし収入が増えるたびに不安も増えていくのであった。

7. 訃報《ふほう》

リンとテオが『物質生成魔法』の授業に出ようとしていたところ、ユヴェンと廊下で鉢合《はちあ》わせしてしまった。

「あら、テオじゃない」

「ん？　ユヴェンか」

「聞いたわよ。あなた最近お金に困っているそうね」

ユヴェンが愉快そうに言う。

「ダメじゃないの。身の程をわきまえて節約しないと。あなたって本当に甲斐性ないんだから」

ユヴェンは彼女独特の癪《しゃく》にさわる声で言った。

「聞くところによると借金で首が回らなくなって困っているそうね。あなたはいつかやらかすと思っていたわ。なにせあなたったらプライド高いくせに根っからの不器用、無礼、不愛想、不躾《ぶしつけ》だもの。どこに行っても仕事ができず、たとえ万に一つ雇ってもらえても次の日には解雇。一念発起して独立するもあっさり倒産、夜逃げ。路頭に迷い、物乞いまがいのことをするも投げられるのは小銭ではなく石ばかり。挙げ句の果てに犯罪に手を染めるもあえなくお縄。人生の大半を独房で孤独に過ごすんだわ。可哀想に」

リンはハラハラしながら聞いていた。

彼女の言葉はどこまで額面通り受け取っていいのだろう。ユヴェンの言っていることはいつも通り反論待ちの、事実とはかけ離れた内容だったが、一部当たっているところもあった。実際、二人は独立して商売を始めており、密輸という捕まりかねないことをしている。

最近、後ろめたさから神経過敏気味のリンには、ユヴェンが何か知っていて探りを入れるためにふっかけているように思えて仕方がなかった。

リンは彼女と目を合わせないように気をつけた。下手に目を合わせれば全て見抜かれそうな気がした。

「まあでも大丈夫よ。あなたが身を持ち崩して売り飛ばされても私が買い取ってあげるわ。私も最近新しい奴隷が欲しいと思っていたところなの。なにせ奴隷は何人いても足りないわ。仕事はありあまるほどあるの。杖持ちに靴を履かせる役、馬小屋の掃除に、バケツの水汲み。まあせいぜいコキ使ってあげるわ。一つでもミスったら百叩きの刑だけど。いらなくなったら売り飛ばして……そうね、恩情をかけて故郷に骨を埋めるくらいのことはしてあげてもいいわ。同郷のよしみで……」

「アッハハッハッハッハ」

テオが突然笑い出す。

「いいね〜。杖持ちに靴を履かせる役。一回でいいからそういう気楽な仕事をしてみたいよ」

テオはそう言うと鼻歌を歌いながら教室に入っていく。リンもなるべくユヴェンと目を合わせないようにしながら後についていった。

ユヴェンは訝しそうに二人を見送る。

「ユヴェン。またあの二人に絡んでるの？」

いつもユヴェンと一緒のグループにいるリレットが話しかけた。

「怪しい……」

「えっ？」

「怪しいわ。あのテオが挑発に乗ってこないなんて」

「どういうこと？」

「あいつが余裕を気取るのは何かいいことがあった証拠よ。おそらく仕事か金のことね」

「でもテオ君最近、仕事もサボりがちでお金に困ってるって噂だけど……」

「噂に登らないということは……、さてはあいつ何か人に言えないような悪どい金稼ぎしてるわね」

「そうかな。考えすぎじゃあ」

「いいえ間違いないわ。私にはわかる。そういえばリンもさっき私から目をそらしてたわね。あいつも何か知ってるに違いないわ。探りを入れてみるか」

「リンって奴隷階級なんでしょう？　いいの？　話しかけても。怖くない？」

リレットは心配そうに尋ねる。

「構いやしないわ。それよりテオの秘密の方が先決よ。絶対突き止めてやるんだから」

ユヴェンは瞳の奥をキラリと光らせながら教室の中に入っていく。

リレットはため息をついた。

箱入り娘の彼女はユヴェンがいつも気軽に男の子に話しかけるのを見て、眉をひそめつつも、内心羨《うらや》ましく思っていた。


「あらっ？　リンじゃない」

「あ、シーラさん」

リンが学院の授業を終えて九十階層行きののエレベーターに乗り込もうとすると、シーラに声をかけられた。

「なんか久しぶりね」

「ど、どうも」

リンはついギクシャクした感じで話してしまう。

「こんなところで会うなんて奇遇ね。昨日の新聞見た？」

「えっ？　いやーちょっと見てないですね」

リンが新聞を見るのはエリオスに関する情報を知るためだが、彼に関する情報は滅多に記載されることがない。

百階に到達した当初以来は大きく取り上げられることもなく鳴りを潜めている。

テオと秘密のエレベーターを運用するようになってからは忙しくなり、さらに新聞から遠ざかっていた。

「昨日の新聞によるとね。エリオス百階層にランクダウンしたのよ。ずっと百十階にいたのに」

「えっ？　そうなんですか」

「手紙のやり取りも百十階に到達して以来滞ってるし。リンの方には何か連絡来てない？」

「いえ、特に何もないですね」

「そう、まあ、エリオスのことだから大丈夫だとは思うけれど……。心配だわ」

「そうですか。それは心配ですね。あっ、僕は用事があるのでこの辺で」

エリオスのことも心配だったが、リンはそれよりも秘密のエレベーター到着に備えなければならなかった。テオがレンリルから輸送してくる荷物が届くまであと少しのはずで、先ほどから心がそわそわしていたのだ。

「まあ待ちなさいよ」

シーラがリンの肩をガシッと掴《つか》む。

「ちょうど良かったわ。今、アグルと一緒にみんなでレンリルで夕食でもしようかって話してたの。あなたも来なさい。おごってあげるわよ。最近生活苦しいんでしょ？」

「い、いやー僕はちょっと用事があってですね」

「用事って。あんたそっちは九十階層行きのエレベーターよ。あんたが一体九十階層に何の用事があるのよ」

「えーと、ちょっと仕事で届け物があって……」

リンは、はぐらかそうとしたがシーラは目を細めて怪しむ。

「怪しい」

「えっ？　な、何がですか」

「あんた最近全然レンリルの食堂に下りてこないじゃないの」

「それは僕、最近アルフルドに引っ越してですね」

「アルフルドに引っ越したくらいでそう簡単に生活水準上がんないでしょ。何か特別な魔法を使えるわけでもないのに」

「……」

リンは黙り込む。シーラは妙に勘が鋭いところがあった。下手なことを言えば余計に勘繰られそうだった。

「それどころかアルフルドになんか引っ越したら物価が高くて大変でしょうに。工場やアルバイトの収入だけではやっていけないでしょ。あんたどうやって生活してんのよ」

「えーっと。それはですね」

「ん？　待てよ。最近レンリルの食堂に寄らないってことはあんたまさか工場で働くのやめちゃったの？　ますますどうやって生活してんのよ」

「それは……頑張って節約して、アルフルドでバイトを掛け持ちして……」

「そういえばテオも最近仕事をサボってるって聞いたわね。まさか！　あんた達なんか悪いことやってるんじゃないでしょうね。テオに悪事の片棒担がされて引くに引けなくなっているんじゃないの？」

(う、うおおおおお)

リンは焦った。完全にシーラの言う通りだった。

「ったく、あの悪ガキ。ちょっときつく言ってやらないと。あんたもダメよ。あんな奴の言うこと聞いてちゃ」

「いっ、いや、あのですね」

リンは慌てて誤魔化そうとしたが上手い言葉が思いつかない。

そこにタイミング悪くテオがやってきた。

「おーいリン。何こんなところで油売ってんだよ」

テオが間の抜けた声でリンに話しかけてくる。

「ちゃんと手筈通りにしてくれないと……」

「あっ、テオ。あんたリンを使って何やってんのよ」

「ん？　シーラ」

テオはシーラがいることに気づくと踵《きびす》を返して元来た道を戻り始めた。

「おい待て！　人が話しかけてんのにどこに行くのよ」

「すみません。僕忙しいんで」

テオは苦手なシーラを見るや否やそそくさと駆け出していった。

「あのクソガキ。一体何なのよ」

「あっ、シーラさん。僕もこの辺で失礼します」

「待ちなさい」

シーラは再びリンの肩をがっしりと掴んだ。

「あんたたち一体何やってんのよ。あからさまに怪しいわよ」

「何もやってませんよ。ただちょっと雇い主の意向で秘密保持義務があるから詳しいことは言えないというか……」

「何よそれ。まあそれはもういいわ。それよりも！」

シーラは顔を近づけて迫ってきた。

「あんた本当に最近ヨソヨソしいわよ。前はもっと自分から私達のところに来てたじゃない。最近はめっきり顔を見せなくなっちゃって……。テオと一緒で私のこと嫌いになったの？」

「いえ、そんなことは……」

「じゃあ、明日。明日も学院に来るわよね。学院内の食堂でお昼食べましょう。学院内なら忙しくても大丈夫でしょう。アグルも来るから。そこで旧交を温めましょう。それで最近の無沙汰については水に流してあげるわ。いいわね」

「うっ、はい」

本当の所、明日も忙しかったからできれば行きたくなかったが、これ以上は逃げられそうになかった。

シーラも別にリンのやることなすことに口出ししたいわけではない。ただ単に彼が自分のところに来ないのが寂しいだけなのだ。

最近、エリオスが百階層に行ってしまって彼女の寂しさはますます募るばかりだった。リンもそのことが分かっているだけに断りにくかった。

翌日、リンは寝ぼけ眼でシーラに指定された休憩室まで行った。

昨日も結局夜遅くまで輸送作業をしていて寝不足だった。

待ち合わせ場所である休憩室を見回してみるとアグルとシーラが既に休憩用のテーブルに腰掛けている。

リンは声をかけた。

「シーラさん。アグルさん。こんにちは」

リンが気さくに声をかけたが二人共机に向かって俯《うつむ》いたままだった。

リンは不可解に思った。

(時間に遅れちゃったかな)

腕の紋様時計をチラリと見るが時間通りだ。

リンは首を傾げた。

「すみません。遅くなっちゃって。待たせちゃいましたか？」

リンは時間に遅れていなかったがあえてそう声をかけた。

するとアグルが振り向いてくる。

リンはアグルの真っ青な顔を見てギクリとした。

何か恐ろしいものを見たかのように尋常ではなかった。

シーラは相変わらず俯いたままだ。

「どうかしたんですか？　顔色悪いですよ」

リンは恐る恐る聞いてみた。

（まさかテオと一緒にやっている秘密のエレベーターの件が露見したんじゃ）

リンは緊張で心臓がドキドキしてきた。

アグルがその真っ青になった唇を震わせながら動かす。

「エリオスが死んだ」

8．冷たくも甘い声

リンは九十階層を走り回っていた。

エリオスの友人や知り合いをしらみつぶしに当たって、彼の死の真相について何か知っていないか聞き出すためだ。

彼にはまだ信じられなかった。

つい先日まで普通に会話していたエリオスが死んだなんて。

リンは走りながらつい先ほどしたアグルとの会話を反芻する。

「エリオスさんが死んだ？　そんな。なんで⁉」

「急に協会から連絡が来たんだ。エリオスの遺品を受け取ってくれって。あいつ遺品の受け取り指定先を俺たちにしていたみたいで」

「遺品？　どうしてそんな……」

「百階層以上の魔導師の慣例だ。百階層以上に行けばいつ死んでもおかしくないから、いざという時のために遺品を受け取る人間を指定しておくんだけど……、まさかエリオスがこんなに簡単に死んじまうなんて」

アグルがこの世の終わりが来たような絶望的な表情を浮かべる。

リンはなんといっていいか分からずシーラの方を見た。

彼女はずっと俯いたままだった。とてもじゃないが声をかけたり顔を覗いたりする気にはなれなかった。

「協会に聞いても何にも教えてくれなくってさ。自分達では何もわからない。協会の百階層の支部に聞いてくれって。その一点張りだ。クソッ。行けるわけねーだろ百階なんて。学院生の立ち入りを禁じてんのは他でもないあいつらじゃねーか」

アグルが忌々しげに言う。

「とにかく俺達は今から協会に行ってエリオスの遺品を受け取りに行く。昼食なんてとってる場合じゃねぇ。悪いな。せっかく来てくれたのに」

アグルが立ち上がる。

「いえ……そんなことは……」

リンはただ呆然《ぼうぜん》と立ちすくむことしかできなかった。


アグルと別れた後、リンがトボトボと歩いているとテオに声をかけられた。

「リン」

「あ、テオ」

リンが気のない声で返事する。

「聞いたか。エリオスが死んだって」

「テオ。なんで知ってるの？」

「すでに学院中で噂になってるよ。情報の出どころは貴族みたいだ。百階層に知り合いがいるやつから口伝てで伝わったみたいだな」

「……貴族」

リンはエリオスが卒業する際に言っていたことを思い出した。彼は貴族と平民の格差是正を訴えていた。

「テオ、エリオスさんが言ってたんだ。塔内での平民の地位を向上させたいって。貴族だけじゃなく平民階級からも偉大な魔導師が輩出されるようにって」

「チッ。エリオスのバカが。塔の上階層にいるのは貴族ばかりなんだぞ。なんかヤバイって考えれば分かるだろ」

リンは走り出した。

「おいリン。どこ行くんだよ」

テオが呼び止めるが、リンはそれも気にせずに駆けていく。

(突き止めないと。どうしてエリオスさんが死んでしまったのか)


リンはエリオスが卒業する時、その場にいた人々を探して九十階層を走り回った。

しかし誰に聞いてもアグルやテオの話していたこと以上のことは分からなかった。聞いた人数が十人目くらいになった時、ようやくリンは自分が平民階級の人間にばかり尋ねている事に気づいた。

(そうか。上階層にいるのは貴族階級ばかりなんだっけ。エリオスさんと親しい貴族階級といえば……)

リンがそう考えたところで丁度こちらに来る一団の中に目当ての人物がいた。

「クルーガさん!」

リンが呼び止めるとむこうもこっちを向いてくる。

「ん?　リンか。悪いみんな。先に行っといてくれ」

クルーガが周囲の人間を先に行かせる。廊下にはリンとクルーガの二人だけになった。

「あのっ。クルーガさん。エリオスさんのことで……」

エリオスの名前を出した途端、クルーガはさっと顔を曇らせて目線をそらした。

「悪いなリン。俺も百階層以上のことはよく分からないんだ。そういうことなら他の奴に聞いてくれ」

（ウソだ）

リンは直感した。

先へ行こうとするクルーガに追いすがって声をかけ続ける。

「クルーガさん！　エリオスさんが卒業した時、何か言いかけて止めましたよね。あの時何を言おうとしたんですか。もしかしてこうなることがわかってたんじゃ……」

「うるせーな。知らねーっつってんだろ！」

クルーガが突き放すように大声をあげた。

その後すぐにハッとして気まずそうな顔になる。

「悪い。荒っぽい声出しちまったな」

「……いえ。こちらこそすみません。しつこく聞いてしまって」

リンは無感情な声で言った。

「とにかく俺も詳しいことは分からねーんだよ。悪いがもう行くぜ」

そう言ってクルーガは踵を返していく。

リンもその場から立ち去ろうとした時、クルーガのつぶやき声が聞こえてきた。

「俺は止めたんだ。耳を貸さなかったあいつが悪いよ」

リンは途方に暮れながら五十階層に戻ってきた。

午後から受けるはずだった授業もすっぽかして色んな人に聞いて回ったが、結局めぼしい情報を得られることはなかった。

（はーあ。どうしよう。もう他にエリオスさんの知り合いなんていないしなあ。貴族階級なら何か知ってるのかもしれないけど。僕に貴族階級の知り合いなんて……）

「教えてあげようか？」

リンの耳に冷たく、しかしとても甘い声が聞こえてくる。

「……ユヴェン」

「エリオスさんお亡くなりになったそうね。可哀想に。お悔やみ申し上げるわ。あなたエリオスさんのこと慕って、たくさんお世話になっていたものね。辛いでしょうに。あんな最後を迎えるだなんて……」

「ユヴェン、エリオスさんがどうして死んだのか知ってるの？」

「ええ、もちろんよ。貴族階級なら誰でも知ってるわ。誰も教えてくれなかったの？」

「教えてくれ。エリオスさんは一体なんで……」

リンはすがるような思いで聞いた。

しかしユヴェンは例のあのゾッとする意地悪な笑みを浮かべた。

「やーだよ。どうして私があなたに教えなきゃいけないのよ。あなたは現状に満足しているんでしょう？　なら塔の上で起きていることなんて別に知る必要なんてないじゃないの」

リンは絶句した。

「そんな、そんなこと言わずに、教えておくれよ」

「リン、私あなたに興味がなくなったみたい。これ以上あなたと話すことなんてないわ。いじめてあげるのもこれで最後よ。どうぞ勝手に不安に怯えていることね」

9. 学院の欺瞞《ぎまん》

ユヴェンに冷たくあしらわれた後、リンにある考えが浮かんだ。

彼にも貴族階級で百階層以上にいる知り合いが一人だけいることを思い出したのだ。

（なんで思いつかなかったんだろう。貴族階級で百階層以上にいる人。師匠がまさしくそれにあたるじゃないか）

とはいえユインに素直に聞いたとしても教えてもらえるとは思えない。

リンは一計を案じた。

（師匠は捻《ひね》くれ者だ。普通に聞いても教えてくれないどころか僕に会いに来てもくれないだろう。それなら……）

リンは師匠に手紙を書くに当たって、なるべく動揺して途方に暮れている様子を演出しながら手紙を書いた。

「師匠へ

突然の連絡お許しください。師匠以外頼れる人がいなくって。
今朝、百階層で知り合いの人が死んだという知らせが届きました。
エリオスという人です。
とても僕によくしてくれて色々世話を焼いてくれた人なのでショックです。
師匠はこのことについて何かご存じではないですか。
彼が死んだなんて信じられません。
絶対に何かの間違いだと思っています。
誰に聞いても何も教えてくれなくて。
きっと皆僕を騙しているんだと思います。
誰がなんといっても僕は確かな証拠を見るまで信じません。
エリオスさんが死んだなんて嘘ですよね。
師匠もそう言ってくれると信じています。

リン」

(師匠は意地悪で天邪鬼《あまのじゃく》だからこれならエリオスさんが死んだ確かな証拠を突きつけてくれるかもしれない)

リンの狙いは当たった。

時期も良かったようだ。ユインはちょうどアルフルドに用事があって降りてきているところだった。

すぐに「会ってあげるから協会の待合室までおいで」という返事が来た。

待合室に入るといつも通り先にユインがいた。

今日の彼はゆったりと余裕のある雰囲気で顔には笑みを浮かべいつになく機嫌がよさそうだった。

「やあ。リン。久しぶり」

「師匠！　良かった。てっきり会ってくれないかと」

「まあ、無視しても良かったんだがね。あまりにも君が可哀想だから来てあげたよ」

彼はニコニコしながら言った。

「ありがとうございます。なんとお礼を言ったらいいか。すみません。まだ動揺していて」

リンはなるべく自分から本題に入らないように気をつけた。そうすれば天邪鬼な師匠は素直に教えてくれないのは分かりきっていた。

「いいよ。そんなの。それよりもエリオスのことについて聞きたいんだろう?」

「ええ、そうなんです。クルーガさんにも聞いたんですけれど。知らない方が身のためだって言われて。何も教えてくれなくて」

「ほお。そんなことを」

彼はより一層深い笑みを浮かべた。

彼は教えたくて仕方がなくなってきたようだ。リンはユインが自分の術中にはまっていると感じた。あと一押しで聞き出せると思った。

リンはもう少し動揺を装ってみる。

「どうして彼が……、彼は真面目で謙虚《けんきょ》で、年長者を敬う立派な人でした。先生や目上の人の言うこともよく聞いて……」

「だからだよ」

「えっ？」

「エリオスは、彼は学院の教員の言うことを鵜呑《うの》みにしたから失敗したのだ」

「えっ？　どういうことですか。何を言って……」

「君はアルフルドで働いているあのクズ共を見てなにも感じなかったのかい？」

「えっ？　僕には普通の先生のように思えましたが……」

「学院で優秀な成績を収めたところで塔の攻略に役立つことはない。なぜなら学院の教員達、彼らは百階層以上のことについて何にも知らないんだよ」

「ハァ？」

リンは思わず素っ頓狂《とんきょう》な声を上げてしまった。

「学院は立派な魔導師を養成するためにあるんですよね。例えば百階層以上で活躍できるような」

「そうだよ」

「じゃあなんで学院の先生が百階層以上のことについて知らないんですか。教える立場である学院の教師が……」

「あのねえ、リン。君は本音と建前って言葉を知らないのかい？」

　ユインはため息をつきながら言った。

「アルフルドやレンリルで働いてる奴なんて、百階以上で通用しなくておめおめ逃げ帰ってきたやつに決まってるだろ。彼らが百階以上で通用するなら百階で講師や情報屋をやってるよ」

「じゃあ、学院の先生達が教えていることは……、あの人達はいったい何を教えているんですか」

「教員共が気にしているのは自分たちの雇い主である魔導師協会からの評価だ。彼らは魔導師協会によって指示されたカリキュラムに沿って教えているに過ぎない。教えてやろう！　学校の先生は自分の教えていることが、将来生徒の役に立つかどうかなんて知ったことじゃない！」

「そんな……」

「無論例外はある。課金授業だ。あれはカリキュラム外のことを自由に教えても良いことになっているし、教員としても頑張れば頑張るほどマージンが増えるから皆工夫してる。百階層以上に在籍している魔導師でも課金授業なら受け持っている人はいるよ。そのため攻略に役に立つものも多い。魔導師協会としてもより多くの収入が入る有料の授業に力を入れるのは当然だろう。無課金授業の内容はここ数十年全く変わっていないんじゃないかな。塔の様相は随分変わったというのに」

「……」

リンはただただ唖然《あぜん》としていた。

「エリオスは課金の必要な授業を何も取っていなかったようだね。それが間違いだった。今となっては、課金授業を受けずに百階以上に行こうなんて自殺行為だよ。特に『物質生成魔法』。あれは一年目から取っておいた方がいいよ。どうしても習得に時間がかかってしまうからね。一年目以降にとってしまうといたずらに卒業までの期間が延びてしまう」

「有料の授業には質の悪いものが多いって……。無意味に借金を増やすだけだって」

「その通り。だから百階以上で通用する力をつけるには課金アリの授業の中から有益な授業を見抜ける師匠かアドバイザーも必要なのだ」

リンはユヴェンの言葉を思い出した。


――貴族でもない、まともな師匠もいないあなたが、はたしてそんなに上手くいくかしら？――


（そういう意味だったのか）

「世の中、タダでなんでもかんでも教えてもらえると思っているバカが多くて困ったものだよ。無料で手に入る知識なんてもはや広まりすぎて陳腐《ちんぷ》化し、無価値になってしまった情報に決まっているだろう？　あるいは広めること自体に価値がある情報かだ。発信者が有利に立ち回るため、つまり情報の受け手を自分に都合よく動かすために発信しているにすぎない。金になる価値ある情報を

誰がわざわざ無料で提供すると思うかね？」

「……」

「社会の仕組みによって巧妙に隠されている事実だが、社会の上層に行くためには才能や資質、努力よりもまず金が必要だ。百階層で通用するためにはまず学院で千万レギカ分の授業を受ける必要があると言われている」

「千万……」

「エリオスも焦っただろうね。自分が百階層のダンジョンに四苦八苦しているのをよそに貴族達はまるで初めからクリア方法を知っていたかのように必要な魔法を使ってダンジョンを攻略していく。平民階級は貴族の結成したギルドで下働きをするのが賢明なのだが、プライドもあったのだろう。独立してギルドを立ち上げる発言をするどころか貴族階級を敵視するような発言をしてしまったため、引くに引けずどんどん孤立していった。彼は自分より成績が低いはずの奴らに先を越された事実を受け入れられず決断はズルズルと先延ばしにされ、あえなく金と魔力は尽き、追い詰められ、逃げる間もなく狩られてしまった」

「……」

「百階層には留まろうと必死な奴らもいるからねぇ。何せ学院魔導師と自立した魔導師では待遇が桁外れに違う。百階層以上の魔導師には義務も与えられるが権利も与えられる。百階層にいる奴らなんて私から見れば十分底辺だけどね。まあとにかく彼らはなんとしてもアルフルドに戻りたくなくて、寄ってたかって弱り切った新人を狩り、金と魔力を分捕り養分にしようとする。まあゲスい連中だよ。彼らも貴族には手を出さないんだがね」

「そんな……」

「まあ君も大それた願望は抱かないことだ。千万レギカなんて用意できないんだろう？」

「師匠、僕はもう学費を払ってしまって……」

「リン。自分で考えられない奴はね、この塔に必要ないんだよ」

10．再会

エリオスの葬式にリンは立ち会うことができなかった。

というより葬式がされたかどうかすら分からないというのが本当のところだ。

百階層で死んだ魔導師の葬儀は百階層に所属する魔導師にしかできないというのが塔の慣わしだそうだ。

塔において魔導師は自分の所属する階層以上の場所にはいかなる理由があろうとも侵入することはできず、全てがこの原則に支配されていて絶対だった。

リンにできることといえば、百階層に所属する見ず知らずの誰かがエリオスの遺体を丁重に葬ってくれているよう祈ることだけである。

エリオスの遺品が魔導師協会を通して返ってきた。シーラとアグル宛だったが、リンとそしてこの日はさすがのテオも受け渡しに立ち会った。

遺品といってもささやかな日用品だけである。衣服や家具、ペンや書類などの備品。どこにでも置いてあるものだけでエリオスを表すようなものは何一つ無かった。

「部屋に残っているのはこれだけだったんだ」

遺品を受け渡してきた協会の担当者はそう言ってきた。

エリオスは協会の管理する部屋に住み込んでいた。

彼はしばらくの間は期限通りにきちんと家賃を払っていたが、数週間前から家賃を滞納するようになった。

やむなく協会はエリオスの家に踏み込んだが、家はもぬけの殻《から》。本人を捜索してみたものの見つからず。エリオスから転居したという知らせもない。

協会はエリオスを死亡したとみなした。

部屋に残っていた以外のもの、つまり死の間際に彼が身に付けていたものがどこに行ったのかは分からないということだった。

おそらく殺害者によって略奪されたのだろう。

(嘘だろ……こんな最期だなんて)

リンはエリオスの遺品をぼんやりと眺めるがどうにも彼が死んだという実感が湧いてこなかった。

「全くバカなヤツだな」

シャーディフが言った。

リンは『機巧魔法・初歩』の授業でシャーディフにエリオスのことを話してみた。気持ちを整理したかったからだ。

しかしシャーディフの答えはかえってリンを憂鬱にさせるだけだった。

「お前の言っていたエリオスってやつ。たまにいるんだよ。学院の平等の雰囲気にごまかされて自分の実力を勘違いするやつがな。これだから世間知らずってやつは。チッ」

シャーディフは頭をボリボリかきながら喋《しゃべ》った。もう何日も風呂に入っていないようで頭からはシラミがパラパラと落ちている。

「やはり平民階級では貴族階級に勝てないんでしょうか」

「当たり前だろ。考えてもみろ。貴族階級の資質があるやつらは幼い頃から魔導師の英才教育を受けているんだぞ。その時点で、この塔で初めて魔法の授業を受ける平民とは既に埋めがたい差が開いている」

シャーディフが面白くなさそうに言った。

「本当はな。協会や学院としても別に貴族階級だけ集められりゃいいんだよ。普通に考えて幼い頃から英才教育を受けている貴族階級のエリートに平民や奴隷が敵うはずないだろ。階級にこだわりなく生徒を受け入れるなんてのは建前にすぎん。実際には貴族階級と平民階級の進路を分けるよう、つまり平民階級が塔の上層にたどり着けないように巧妙に制度が施《ほどこ》されている。この授業もその一つに過ぎん」

「ではなぜ協会はわざわざ平民階級や奴隷階級の人間を塔に集めて、しかも平等であるかのようにみせかけるんですか。この授業のように低賃金の労働力として体よく使うためですか？」

「それもある。低賃金の労働力、特に魔法を使えてかつ低賃金で雇える人間はどこも不足しているからな。しかし本当の目的は別にある」

「本当の目的？」

「たまにいるんだよ。マジモンの天才ってやつがな。身分のハンデをものともせずに這い上がってくるような真の天才が。塔はそういう人間を探しているんだよ」


妖精魔法の授業。

教室には相変わらず淡々とケイロン先生の上品な声が響いていた。

リンの彼を見る目は以前と変わっていた。以前は教師というだけで無条件に尊敬していたが、今はそこまで単純なものの見方は出来なくなっていた。

リンはふと教室内を見回してみた。

皆、当たり前のように授業を受けている。

単位を取るために、学院を卒業するために、塔のより上層に行くために。

リンは突然教室の光景が異様なものに思えてきた。

今まで当たり前だと思ってきたものがそうでないような気がしてくる。

（何だ？　皆何でこんなに普通に授業を受けているんだ。おかしいと思わないのか。自分のやってることに疑問を感じないのか？）

リンは気分が悪くなってきた。


ある日、リンは授業もサボりテオと行っている共同事業もすっぽかして塔の外に出ることにした。とにかく何でもいいから塔の外に出たかった。

レインだけ服の中に潜り込ませてエレベーターに乗り込もうとするとシーラと鉢合う。

「シーラさん」

「リン。どうしたの？　こんなところで。今は授業のはずじゃ」

「ちょっと……塔の外に出たくなって」

「そう」

シーラはそれだけ言うと深くは問い詰めなかった。この短いやりとりだけでリンの気持ちを察したようだった。

彼女はこういうところに本当に鋭く、他人への気配りが上手でやさしかった。

「ゆっくりしてきなさい。たまに授業をサボってもバチは当たらないわ」

「はい。ありがとうございます」

ふとリンは彼女が課金授業についての本を持っていることに気づいた。その中には『物質生成魔法』の本もあった。

「シーラさん、それって」

「ああ、これね。百階層に行くためには無課金の授業だけでは足りないことが分かったから」

「やっぱり百階層を目指すんですか」

「ええ、目指すわよ。目指すに決まってるじゃない。だって納得いかないものエリオスがこんな終わり方するなんて。少なくともエリオスの墓場にたどり着くまではやめないわ。どんなことをしてもたどり着いてやるんだから」

シーラは決意を示すように真上を見た。おそらくエリオスの死んだ場所を見据えて。

「シーラさん……。すみません。僕にも何か手伝えることがあればいいんですが……。今は何も考えられなくて」

「いいのよ。あなたは無理しないで」

シーラは優しい笑みを向けた。

「今日は塔の外に行きなさい。外の空気に触れればすっきりして考えも整理できるわ」


リンは晴天を期待して外に出てみたが、あいにく雨の後だったようだ。

空は灰色にどんよりと曇り、道端には水溜りができている。

またいつ降り出してもおかしくなさそうだった。

グィンガルドの大通りは相変わらずたくさんの人で賑わっている。

リンはしばらく大通りの雑踏に流されるまま身を任せて歩いていたが、しばらくすると人いきれに目眩《めまい》を起こしてしまう。

やむなく大通りの外れで休憩することにした。

人のいない静かな場所で段差に腰掛けて気分を落ち着ける。ふと顔を上げると石像があった。

ガエリアスの像。

（確かこの街、グィンガルドに来た時にもここに寄ったっけ）

リンはこの街に来た時のことを思い出した。

もうずいぶん昔のことのように思えた。

像は相変わらず厳しい顔で呪文を唱えるポーズをとっている。

リンはこの像を見ていると不思議な気分になってくる。

「ねぇ。ガエリアス。君は何であんな塔を建てたの？　君のせいでエリオスさんは死んじゃったじゃないか」

リンは淡々とした口調で尋ねてみた。

無論答えが返ってくることはなかった。

リンは虚《むな》しくなってきた。

（帰ろう。ここにいても仕方がない。どれだけ嫌な場所だとしても、どうせ僕には塔以外帰るところなんてないんだ）

「あら？　珍しいわね。私以外でここに来る人がいるなんて」

リンはため息をついて立ち上がろうとするが、突然溌剌《はつらつ》とした声に呼びかけられる。

声の方を向くとそこには白いローブを着た少女がいた。

「あなたは確か……リン？　何してるのこんなところで」

「……アトレア」


リンはアトレアが祈りを捧げているのを何ともなしに見ていた。

不思議な気分だった。

彼女が祈りを捧げているのを見ているだけでリンは時間がゆったりと流れているように感じられて心が落ち着いてきた。

ここしばらくめまぐるしい毎日を送っていたリンは久しぶりに安らぎを感じることができた。

祈りが終わるとアトレアはリンの方に向き直る。

「お待たせ。ごめんね。なんだかつき合わせちゃったみたいで」

「ううん。いいよそんなの。僕が勝手に見てるだけだから」

「それで、どうしてあなたはこんなところにいるの？　この石像に用でもない限りこんなところに来る理由なんてないはずだけれど」

「僕は……ちょっと塔から離れたくって。君はどうしてここに？」

「私はいつも出張の帰りにここに寄ることにしているの」

「出張？」

「ええ。昨日までウィンガルド王国へ出張に行ってたの。そこでしか手に入らない魔石があって。

『タルゴニの魔石』っていうんだけれど知ってる？」

「……いや知らないね」

「それは勉強不足ね。『タルゴニの魔石』っていうのは……」

アトレアは以前と同じようにリンの知識不足をたしなめた後、ペラペラと蘊蓄《うんちく》をしゃべり始めた。

リンは思わず苦笑する。彼女は本当に以前と全く変わりなかった。その事実はリンを妙に安心させる。

（本当に魔法が好きなんだな）

「どうしたの？」

リンが笑っているのを見てアトレアが不思議そうな顔をして聞いてくる。

「いや、以前と全然変わってないなって思ってさ」

「あなたは少しだけ変わったわね」

「そうかな」

「少なくとも学院魔導師になったわ」

アトレアがリンの紅色のローブを指差して示す。

「なるほど。確かに何の魔法も使えなかった頃に比べれば少しは進歩したかもね」

「その割に何だか浮かない顔ね」

リンは困ったように笑う。

「実は……知り合いの人が亡くなっちゃってさ」

リンは俯いた。

アトレアはなんともなしに聞いている。

「僕はその人に色々お世話になって、尊敬していて……。なのにその人は卒業して塔の百階でも全く通用しなくってさ。今まではその人の言うとおりにして模倣すればいいと思ってた。でも彼が死んで色々わからなくなってしまったんだ。これからどうすればいいのか。本当にこのまま塔の上層を目指すべきなのか。そもそも塔の上層を目指す意味があるのか」

リンは素直に気持ちを吐き出しているのが自分でも不思議だった。

「故郷を飛び出して別の場所に行ければどこでもいいと思ってた。でも本当にここにきて正しかったのかどうか……。僕にはもう何が正しいのかわかんないよ。かといってここ以外行くところもないし。そもそも奨学金を借りてしまって借金を返すまで離れることもできない。今まで通り授業を受けて卒業するために頑張るしかないんだ。そう考えると憂鬱でさ」

「時計よ。現れろ」

おもむろにアトレアが呪文を唱えて腕に紋様時計を出現させる。

「アトレア？」

「待ち合わせまでまだ少し時間があるわね」

アトレアは少し思案した後、言った。

「リン。私とゲームでもしない？」

「ゲーム？」

「ええ、魔法を使ったゲーム」

アトレアが立ち上がる。

「塔の上層を目指す意義を知りたいんでしょう？　見せてあげるわ。塔上層の高位魔導師の魔法を！」

11. アトレアの魔法

「魔法で……ゲーム？」

「ええ、そうね。何がいいかしら」

アトレアが人差し指を口元に当てながら思案する。

「鬼ごっこなんてどう？」

「鬼ごっこ？」

「そう。私の体のどこでもタッチすることができたらあなたの勝ち。私が塔の入り口にある時計台まで逃げられたら私の勝ち。十五時までに時計台までたどり着けなかった時もあなたの勝ちでいいわ」

「……」

「見てみたいんでしょう？　高位魔導師の魔法を」

リンはアトレアの華奢な足を見てみる。

魔法の知識では彼女に勝てそうにないけれど足の速さなら自分にも勝機がある気がした。

あとはアトレアがどんな魔法を使うかによるが……

「分かった。のるよその勝負」

「そうこなくっちゃね」

正直なところリンはゲームするような気分ではなかったが、この浮かない気持ちを自分では晴らせないこともわかっていた。アトレアの魔法を見れば少しは気分が変わるかもしれない。とにかくなんでもいいから気を紛《まぎ》らわしたかった。

「さあどうぞ。あなたのタイミングで初めていいわよ」

アトレアは手を広げて余裕をみせる。

リンは訝しく思いながらも手を伸ばしてアトレアの肩に触れようとした。

彼女に触れる直前、アトレアの姿が消える。

（消えた⁉　どこに？）

「こっちよ」

声の方を見るとアトレアが建物の窓ガラスから上半身だけ生《は》やし、こちらに向かって手を振っている。

（ガラスの中に入ってる⁉）

リンは慌ててアトレアの方に走って手を伸ばすが、触れそうになるところでまた彼女の姿は消えてしまう。

「こっちこっち」

今度は水溜りから体を生やしている。

(水の中にも入れるのか)

「凄いでしょ。光を反射して姿を写すものならなんにでも入れるのよ」

彼女はまた別の建物の窓に乗り移っている。

リンは目まぐるしく移動していくアトレアを探すため、あっちこっちに頭を向けなければいけなかった。

「結構高度な技術が必要なのよ。水面や鏡面に降り注ぐ光の反射を正確に捉えなければならないの」

そう言っている間にもアトレアはさらに別の窓へと乗り移る。

またさらに乗り移ってどんどん時計台の方へ向かっていった。

「くそっ」

リンは駆け出す。

「おーにさんこーちら。てーの鳴る方へ」

アトレアは囃しながら窓から窓、水面から水面へと乗り移っていく。

リンは次々と乗り移っていくアトレアを目で追うのに必死だった。

瞬きするだけで彼女を見失ってしまいそうだった。

（こんなのどうやって捕まえれば……。くそっ、テオがいれば知恵を借りられるのに）

——他人任せではダメよ。自分で考えないと何事も身につかないわ——

リンの思考を読み取るかのようにアトレアが言った。

ガラスの中から聞こえてくる彼女の声は遠くから響いてくるエコーのようにリンの頭に響く。

「そんなこと言ったってっ。こんな魔法にどうやって対抗すれば……」

リンはずぶ濡れになりながら追いかけるも窓から窓、水溜りから水溜りへと移動していく影を見失わないようにするだけで精一杯だった。

——ではヒントを与えましょう。私は窓から窓へと移動することができるけれど、無制限にどこにでも移動できるわけではないわ。光の道筋をたどれるだけ。鏡面同士で光のやり取りがなければ移動できない。つまり……——

（そうか。先回りして窓と窓の間を遮れば……）

リンはゴールである時計台の方向を見てアトレアが次に移動するガラスか水面を予測し、間に入って遮ろうとする。

するとアトレアは先程よりも素早く移動し始めた。

黒い残像が俊敏《しゅんびん》な獣のようにガラスと水面の間を移動していく。

（なっ。早っ）

リンは一気に引き離されてしまった。

彼女が移動する速さはリンの全力疾走よりもはるかに速かった。

リンは息を切らせながら必死に追いかけていく。少しでもスピードを緩めると彼女を見失ってしまいそうだった。

――頑張って。基礎魔法でも十分対抗できるはずよ。この魔法はまだ序の口。破ることができればもっと面白いものを、塔の上層の景色を見せてあげられるわ――

「塔の上層なんて。そんなの……そんなもの目指していったい何になるっていうんだ」

――私も以前はあなたと同じだったわ。重いものを運んだり、指輪を光らせたりするだけで満足していた。けれどもいつしかそれでは物足りなくなってしまったの。もっと高度に、もっと自在に魔法を使えるようになりたい。そのために塔の上層を目指す。それだけではダメなの？――

「だからって。だからってどうして命までかける必要なんてあるんだ。なんでそこまでする必要があるんだ」

——そもそも昔は魔法の研究自体が命がけだった。昔から長く続いていることにはそれなりの重みというものがあるのよ。塔の居住地を賭けて魔導師達が戦うのは長年続いてきた歴史であり伝統。この塔で修行する魔導師達はみんな戦ってきた。戦って自分の実力と才能の限界まで上り詰め、そうして編み出した魔法を本という形で塔の中に残す。そして死んでいくの。それが塔の魔導師の一生よ——

また雨が降ってきた。

雨は水溜りを作っていく。

(くそっ。これじゃますますアトレアが有利になってしまうじゃないか)

リンは心の中で毒づいた。時計台まではもう目と鼻の先だった。

——あなたの話すその人が、一体どういう理由で塔の上層を目指していたのか私は知らないけれど。高みを目指して朽《く》ち果てたのなら、たとえ道半ばだとしても魔導師として本望なはずよ——

「でもっ、だからって……」

――それに塔は百階に行く事を強制しているわけではないわ。死にたくないならレンリルやアルフルドに引き篭もっていればいいじゃない。一体何が不満であなたはそんな風に黄昏《たそがれ》ているの？

――

「不安なんだ！」

リンは叫んだ。

「僕には……僕達には将来に何の保証もない。明日のことさえままならない。ただただ目隠しして暗闇の中、迷路をあてもなく彷徨い続けている。なのにどうして君はっ……」

――あなたもすっかり学院の価値観に染まってしまったのね――

リンは水たまりに足を取られて滑ってしまう。雨で濡れた地面の上を派手に転んでしまった。

「ってて」

起き上がろうとすると目の前に誰かの足が見える。仰ぎ見るとそこにはアトレアがいた。

「大丈夫？」

アトレアが心配そうに尋ねてくる。

リンが周りを見るといつの間にか時計台の下に来ていた。

降りしきる雨は相変わらずリンの頬を打っている。

「どうやら私の勝ちみたいね」

アトレアはいつも通り涼しい顔をしている。

あれだけの魔法を使ったのに疲れ一つ見えない。

雨は彼女の周りだけ避けて降っている。彼女は魔法の力で目に見えない傘《かさ》をさしているようだった。

「はは。敵わないな。どうすれば君を捕まえられるの？」

「あなたが今よりも上の階層に行って、より高度な魔法を習得することができれば、あるいは私を捕まえられるようになるかもね」

リンは彼女が魔導師として遥か高みにいることを改めて実感した。

少なくとも今の成長スピードでは到底彼女に追いつけないことだけは確かだった。

どこからか鐘の音が響いてくる。十五時になった証拠だった。

「時間ね。私はもう行かなきゃ」

アトレアが名残惜しそうに立ち去っていく。

「それじゃあまたね。リン。次は塔の中で会えるといいわね」

「レンリルとアルフルドならいつでも会えるよ」

リンは立ち去っていくアトレアの背中に向かって声をかけた。

しかし彼女が立ち止まることはなかった。

「レンリルとアルフルドには行けないわ。師匠に出入りを禁止されているの。それに、その二つの街に、私にとって価値あるものはもう何もないから」

12．招待状

「うー、さぶっ」

リンはアトレアと別れた後、ずぶ濡れになりながら自室までの道を歩いていた。

(アトレアの魔法を見れたのは良かったけど。このままじゃ風邪ひいちゃうよ)

リンが震えながらアルフルド行きのエレベーターの前で待っていると別のエレベーターがたどり着いて一人の学院生が降りてきた。

見知らぬ人だったのでそのまま通り過ぎていくとリンは思ったが、意外なことに彼はリンに話しかけてきた。

「おや？　もしかして君はリンじゃないか？　初等クラスにしてマグリルヘイムに抜擢されたという」

「えっ？　はい。そうですが。あなたは？」

リンは声をかけられて初めてそこにいる人を見る。

知らない人だったが背の高さで自分より上級生だとわかった。

全体的に上品な雰囲気を漂わせており、落ち着いた声で話す人だった。

留め金は金色だから平民階級のようだ。

「僕はザイーニ・シトラ。学院三年目の中等クラス魔導師だ。しかしそれにしてもずぶ濡れだね」

リンは指摘されて顔を赤らめる。

「突然雨が降ってきたもので……」

「ちょっと待ってて」

そういうとザイーニは杖を向けてくる。質量の杖だった。

訝しがるリンをよそにザイーニが魔法を発動させる。

「リンの衣服、肌の表面及び髪の毛に付着している水滴よ。この杖の切っ先に集まれ」

ザイーニが呪文を唱えるとリンにまとわりついている水滴がモゾモゾと動き出し、幾つかの塊になっていく。

やがて十分に大きくなった塊は帯状になってザイーニの杖の切っ先に集まっていった。

ザイーニは毛糸を巻き取るように杖をくるくると回して水の帯を巻き取る。やがて水分は彼の杖の切っ先で水の玉となった。

リンの体はずぶ濡れの冷たさから解放され温かさに包み込まれる。

「水の玉よ。塔の外へお行き」

ザイーニがそう言うと水の玉は独りでに塔の外に向かって飛んで行った。

(形のない水を質量の杖で操るなんて。一体どうやって……)

普通火や水のような形や重さのないものは妖精の力を借りて操るものだ。しかしこの場に妖精の気配は感じられない。ザイーニは杖の力だけで水を操っているようだった。

「なに驚くことはない。簡単な仕組みだよ」

ザイーニが驚いて目を丸くしているリンに対して説明を始める。

「僕の杖は微細なもののみ動かせるように調整してある。それにより衣服を動かさずに細かな水滴だけを吸い取ることができるのだ。このように工夫すれば質量の杖でも水を自在に操ることができる。水にも重さがあるからね。僕はこういう細かい作業が得意なのだ」

「ほえ〜。そんなやり方があるんですね」

リンは素直に感心した。よく見ると確かにザイーニの杖の先には魔法陣が刻まれている。力を制御する魔法陣で杖の出力を調整しているようだった。

(この方法を知っていればアトレアとの勝負ももう少しマシなものになったかもしれないな)

リンは遅ればせながら自分の勉強不足を悔やんだ。

そうこうしているうちにアルフルド行きのエレベーターが到着する。

「あの。どうもありがとうございました。おかげで風邪をひかずに済みそうです」

「油断するのはまだ早い。なるべく早く部屋に帰ることだ。水は体温を奪うものだからね。僕の治《ち》癒《ゆ》魔法で君の体の血行は良くなっているが、それは一時的なものだ。部屋に帰ったらもう一度温めなおさないといけないよ」

「治癒魔法までかけてくださったんですか。それは重ね重ね……」

「気にするな。それより早く乗らないとエレベーターが行ってしまうよ」

「はい。本当にどうもありがとうございます」

リンは再度お礼を言うとエレベーターに乗り込んで呪文を唱える。エレベーターはリンを乗せて動き出した。

「ああ、そうだ言い忘れていたが……」

エレベーターに背を向けて離れようとしていたザイーニが思い出したように振り返る。

「ウィンガルド王室のお茶会に招待されたそうだね。おめでとう」

「えっ？」

リンがザイーニの言葉の真意を聞く前にエレベーターは彼を猛スピードで上階へと運び去ってしまう。

リンはエレベーターの中で先ほどのザイーニとのやり取りを反芻した。

（感じのいい人だったな。少し奇妙なところのある人だったけれど。王室のお茶会？　なんのことだ？）


リンは自宅への道すがら知り合いに会う度にお茶会について聞かれ首を傾げた。

王室のお茶会に招待されたというのは本当か。だとしたら一体どういう伝手《つて》なのか。どの王国のお茶会に招待されたのか。

リンは質問をされる度にいちいち否定しなければならなかった。

「王室茶会なんかに招待されるわけないじゃないか。僕は下級貴族ですらないんだから。どうして王族のお茶会に招待されるっていうんだい？」

リンが自宅に帰る頃には否定のしすぎですっかり疲れ切っていた。

（一体なんだっていうんだ。誰がこんな事実無根の噂を撒き散らしているんだか）

リンがようやくのことでルームシェアの宿に辿り着くと寮母さんに呼び止められる。

「リンさん。あなた宛に郵便が届いていますよ」

「あ、どうも」

リンは郵便を受け取ると自分の部屋に戻って封を切り中身を確かめる。

中からは妙に高級な便箋《びんせん》が出てきた。宛先は無論リンになっている。差出人には『イリーウィア・リム・ウィンガルド及びウィンガルド王室』と書かれている。

リンは首をひねって少し思案したあと一つの可能性に思い至った。

（ははーん。さてはテオのいたずらだな）

彼はちょくちょくこういう手の込んだいたずらをした。初めのうちはリンもまんまと引っかかってからかわれたものだ。

（そういえばテオに魔獣の森でイリーウィアさんとペアを組んだ時の事について詳しく話したっけ。それにしても事実無根の流言まで流すなんて。全く不謹慎なやつだな。エリオスさんの訃報からまだ数日も立っていないっていうのに）

おそらくエリオスの訃報を受け取る前に下準備しておいて忘れたのだろう、とリンは予想をつけた。

（その手には乗らないぞ。中身を見れば一発でわかるもんね）

リンは魔獣の森にいた時、彼女に手紙や公式の文書にするサインを見せてもらっていた。彼女の守護精霊シルフでなければ打てない複雑な字体のサインだった。

本当にイリーウィアからの手紙ならそのサインがあるはずだった。

封筒の封を切って中身を取り出す。

中からは王室茶会への入場券と招待状が出てきた。いずれにもウィンガルド王国の国花であるユリの花の意匠《いしょう》が施されている。

招待状には以下のように書かれてある。

『親愛なるリン殿

拝啓

この度、ウィンガルド王室では毎月定例のお茶会をアルフルドにて開催することになりました。

ご存知の通りグィンガルドの塔とウィンガルド王国の間柄には並々ならぬ関係があり、王室では月に一度塔内に所属する最も位の高い者によって茶会が主催される習わしとなっています。

今回は、イリーウィア・リム・ウィンガルドによって主催されます。

王室と縁故のある方々、塔内の実力者、及び常日頃から主催者と親しみのある方々をお呼びする予定です。

つきましてはリン殿にも是非ご出席していただきたく云々……』

招待状には茶会の日時と場所が記されており、参加にあたっては正装するようになど注意書きが添えられており、末尾にはイリーウィアのサインが、かくしてシルフにしか打てない複雑な字体で打ち込まれていた。

(ファッ⁉)

リンは自分の見たものが信じられずもう一度招待状を一番上から読むことにした。

しかし何度読んでも書いていることは同じである。

王室茶会が開かれる。リンを招待したい。日時場所と注意事項。そしてイリーウィア本人にしか打てないはずのサイン。

(ど、どういうことだ。なぜイリーウィアさんが僕を王室のお茶会に。そしてなぜ当事者の僕が知る前に噂が立っているんだ)

リンは嫌な汗が出てくるのを感じた。手が震えてくる。リンはまだ自分の見ているものが信じられなかった。自分は目が悪くなったのか、あるいは何かの幻覚を見ているのではないだろうか。

そこにテオが帰宅してきた。

「おーい、リン。なんか知り合いに会う度に君が王室茶会に招待されたのかって聞かれて鬱陶《うっとう》しいんだけれど。君は一体いつから王侯貴族になったんだい」

テオはうんざりした様子で自分のベッドの方へ行こうとする。

「て、テオ。これ……」

「ん？　それは……」

テオは目を細めてリンが震える手で持っている紙切れを凝視する。

「王室茶会の招待状に見えるね。本物の」


翌日、リンが学院に行くと噂はすでに学院中に知れ渡っていた。

皆がリンのことを遠巻きに見てくる。

リンが目の前を通れば顔がこわばり、人々はヒソヒソとささやき声で話し始める。

リンには彼らがどんな噂話をしているのか知る由もなかったが、有る事無い事言われているのは間違いなかった。

彼らの視線はもはや嫉妬や羨望の眼差しなどではなく不気味なものを見る目になっていた。

彼らの視線は物語っていた。

どういうことだ。一体こいつはなんなんだ。なぜこいつだけこうも定期的に宝くじに当たるんだ。

しかしリンとて自分の身に何が起こっているのか全くわからない。

何が起こっているのか一番説明が欲しいのは他ならぬリン自身であった。

こうして学院を歩きながら、リンが最も恐れているのはユヴェンの反応だった。

マグリルヘイムに抜擢された時の様々な嫌がらせを思い起こさずにはいられない。

あの時は四六時中付きまとわれてメンタルを削られた上、有る事無い事吹聴された。

彼女にとってお茶会への招待はギルドへの勧誘よりも重大だろう。

きっと以前よりも過酷な嫌がらせを受けるに違いなかった。

果たして今度はどんな悪口を言われ、どんないわれのない陰口を叩かれるのか。

タイミングの悪いことに今日は『物質生成魔法』の授業でユヴェンと同じ教室だった。

リンは鬱々とした気分で教室に入る。

ところがユヴェンの反応は思いもよらないものだった。

彼女はリンが教室に入るやいなや目をキラキラさせながら飛んできた。

「聞いたわよリン。あなたウィンガルド王室のお茶会に招待されたんですってね。やるじゃないの。イリーウィアに取り入るなんて。私はあなたのことを誤解していたわ。あなたって野心のある人なのね。野心のある人って素敵よ。見直したわ」

そして抜け目なく以下のように付け加えるのであった。

「ところでもうお茶会に連れて行く女性は決まっているのかしら。クラスにいるその辺の女子よりも私を同伴した方が見栄えがいいと思うんだけれど?」

彼女は相変わらず顔を輝かせながらリンからの返答を待っていた。

断られるとはつゆとも思っていないようであった。

13. 初めてのお茶会

「図々しい女だな」

テオが苦々しげに言った。

テオとリンの人は自室内で話していた。

無論、話題は学院でのユヴェンの変節だった。

「あいつ君に対して散々無視したり、嫌がらせしたりしてただろ。なのに王族のパーティーに招待された途端すり寄ってきやがって」

テオはいつも通り辛辣《しんらつ》な調子で言った。

リンは曖昧《あいまい》な笑顔を浮かべる。

「それでどうするんだ」

「連れて行くことになったよ」

「マジかよ。いいのかそれで」

テオが呆れたように言った。

「いやーなんというか。断る理由も思いつかなくて」

リンがヘラッとして笑うとテオはため息をついた。

「君も女に弱いね」


お茶会の当日、リンは正装に着替えて出かける準備をしていた。

「ねーテオ。これでいいのかな」

リンは鏡の前で衣服を整えながらテオに聞く。

「あー？　いいんじゃね。結構高い服なんだろそれ」

「でもさ。王族のパーティーだよ。こんなんで大丈夫なのかな」

「知らねーよ。俺だって王族のパーティーになんて出たことねーし」

「だよね」

「不安ならもっと高い服着て行けばいいじゃないか」

「これが僕にとって限界ギリギリだよ」

「まあそういうことだな」

「はあ」

リンは当日になって茶会への出席を後悔しつつあった。服装だけでなくパーティーでの振る舞いや礼儀作法などなど不安要素をあげればキリがなかった。

とはいえ今更欠席するわけにはいかない。

そんなことをすればユヴェンからどんな攻撃を喰らうか分かったものではなかった。

「それよりテオの方は大丈夫なの？」

リンが聞くとテオは憮然とした様子になる。

今日、テオはこれから協会に出かける。呼び出されたのだ。

詳細な理由は不明だがどうも密輸の件がバレたようだった。バレるのも無理のない話だった。テオが小売店と取引しているのを見れば商品を卸しているのは明らかだったし、その法外に安い卸売価格を見れば正規の手続きとは違う輸送方法を取っているのは明らかだった。

「大丈夫だよ。僕は何も悪いことなんてしてないし」

（また言ってるよ）

「でもさ。もし何か罰を言い渡されたり、事業をやめるよう言われたらどうするの？」

「そん時はこんなところ出てってやる」

テオは憤然として言った。

人は同時に宿を出て別々の方向に向かった。

リンは悄然《しょうぜん》とした様子でユヴェンとの待ち合わせ場所へ、テオは肩をいからせながら魔導師協会の方へと歩いて行った。


ユヴェンは顔をあわせるなりリンのことをジトッとした目で見る。

リンは困ったように笑った。

「どうかした？」

「何よその服」

ユヴェンはリンの服を一目見てその値打ちを見極めたようだった。

「いや、こういうのしか借りられなくってさ」

リンは照れながら言い訳した。

「今日がどれだけ大事な日かわかってるの？　あんたのせいで私まで恥をかいたらどうすんのよ」

（招待されたのは僕なんですけど）

ユヴェンはパーティーに出られるのがリンのおかげであるのをすでに忘れているようだった。

とはいえユヴェンの服装は流石になかなか立派なものだった。

黒いなめらかな布をしつらえたドレスで一目で高級な素材を使っていることが分かる。

その服装は彼女の可憐さをいつも以上に引き立てていた。

リンはこれを見れただけでも来て良かったと思えた。

「まあいいわ。さっさと行きましょう。馬車に乗るわよ。一番高いやつね」

「え？　歩きでよくない？」

「ああ？　なに寝言言ってんだお前は？」

ユヴェンがドスの利いた声とともに凄んでくる。

「あ、いえ。なんでもないです」

「ったく。イライラさせないでよね」

ユヴェンはそう言うと先に立ってズンズン進んで行く。

リンは慌てて彼女の後を追いかけた。

服装といい態度といいもはやどちらが付き添いかわかったものではなかった。

傍目にはお嬢様とそれに付き従う召使にしか見えなかった。


二人は学院のエレベーターで九十階層の高級住宅街まで昇った後、馬車に乗りこんだ。

リンは馬車の値段に目眩を起こしそうになる。人生で最も高い買い物の一つになってしまった。

馬車の中でリンは柔らかすぎる座椅子に座って落ち着かなかった。

早くも予想外の出費をしてしまった。これからのことを思うと気が重くなる。

（まさかパーティーではお金取られたりしないよな）

リンはもう一度招待状を見て何か書いていないか確認した。


リンとユヴェンは高級住宅街の中でも一際大きな建物の中に入った。

背の高い建物で、塔内の公的な施設と分離された建造物であるにもかかわらずエレベーターが設置されている。

ロビーには大勢の多種多様な人々がいた。

ウィンガルド王室以外にもいろいろな国の人が利用する施設のようだった。

リンは招待状の案内とロビーに設置された掲示板を頼りにウィンガルド王室茶会の会場に通じているエレベーターを探す。

「あれね」

リンがどれに乗ればいいか迷っているとユヴェンはいち早くウィンガルド王国の旗が飾ってあるエレベーターを見つけ出して先に歩き出す。

リンはまたもや彼女の後ろから慌ててついていくことになった。


エレベーターの到着した先は薄暗い空間だった。

エレベーターから降りるとポッとオレンジ色の光が灯って二人の足元と行く先を照らした。人が近づくと自動で明かりが灯る仕組みのようだった。

明かりは太陽石の白い光ともランプの光とも違う独特の光彩だった。

光魔法で特殊に加工されているようだ。

なんとも言えない色合いの光に包まれてリンは夢見心地な気分になってきた。

「きれいな色の光だね。貴族のお茶会ってどこもこんな風なの?」

リンはユヴェンに話しかけたが答えは返ってこなかった。

彼女の方を見てみると唇をきゅっと結んでいる。緊張しているようだ。どうやらユヴェンもこんな雰囲気は初めてのようだった。

廊下を進んでいくとパーティー会場への入り口らしき扉に辿り着く。

扉にはウィンガルド語と魔法文字が併記された看板が立てかけられている。

『ウィンガルド王室茶会会場』と書かれていた。

扉の脇にはカウンターが設置されている。受付のようだった。受付には感じのいい白髪の老紳士が立っている。

「いらっしゃいませ。チケットはお持ちですか」

老紳士が話しかけてきた。

リンは持ってきたチケットを提出する。

「リン様ですね。お待ちしておりました。そちらの方は？」

老紳士がユヴェンの方を見ながら言った。

「リンの友人です。付き添いで来ました」

「はあ……。しかしチケットはリン様の分しかありませんよね」

（あ、あれ？　同伴ってできないの？）

ユヴェンが当たり前のように同伴を要求したものだから、てっきりどのお茶会でも同伴者はチケット無しでも入れるのかと思っていた。

しかしユヴェンはひるまなかった。

「この子私がいないとダメなんです。私がそばにいないと精神が不安定になって酷い発作を起こしてしまうんですよ」

「はあ、ご病気ですか」

「ええ、そうなんです」

（何言ってんだこいつ）

リンは当惑したが、それをよそにユヴェンは続けた。

「特にこの時間帯は発作が起きやすくて。大変ですよ。パーティーの最中に発作なんて起きたら。最悪死んでしまうかもしれないんです。楽しいお茶会が一気にお通夜に様変わりしてしまいますよ。いいんですか？」

（よくもまあこんな口からでまかせを……）

しばらくの間、老紳士は迷惑そうにしていたが、結局ユヴェンの押しに負けて折れてしまう。

「かしこまりました。少々お待ちください。イリーウィア様に今の話をしてご意見を伺ってきます」

「あ、パーティーの参加者には今の話が漏れないよう配慮してね」

ユヴェンが釘を刺すように言った。

結局二人揃って通されることになる。

扉を通るとそこには控え室兼休憩所のようなところがあった。

一時荷物を預けるロッカーや更衣室へと続く扉、お化粧直しする場所、そして休憩するためのテーブルとソファが何脚か置いてあった。

休憩用のソファにはタバコをふかしている青年が一人で座っている。

リンは会釈したが、彼は胡散臭げな目で見てきた。

「こいつらは何をしに来たんだ？」と言わんばかりの態度だった。

リンとユヴェンは控え室を通り過ぎておそらくパーティー本会場につながっていると思われる大

きな扉をくぐって行った。

リンは飛び込んできた光景に息を飲む。

そこには別世界が広がっていた。

14. きらびやかな世界

リンは目に飛び込んできた光景に息を飲んだ。

王室茶会は見たこともないくらい美しい備品で埋め尽くされていた。

テーブルは真っ白なクロスに銀色の食器で統一され、七色の光を放つ魔石がそこかしこに配置されている。

魔石はゆっくりと点滅して、輝きを強めたり弱めたり、色彩を濃くしたり淡くしたりを繰り返し、互いに互いの光を際立たせつつ、ひとつの色が目立ちすぎないよう交互に彩度が調節されていた。

さらに部屋中のいたるところに妖精が飛び交い、佇《たたず》んで、キラキラと光の雫《しずく》をこぼしている。

妖精は基本的に魔力の強い場所に引き寄せられるが、リンはこれほど魔力の充満した場所、つまりこれほどたくさんの妖精がいる場所を他に見たことがなかった。妖精たちはみな居心地良さそうに思い思いの活動をしている。

この部屋にランプや照明、太陽石の光は必要ない。

そんなものがなくてもこの部屋に輝いていない場所を見つける方が難しかった。

魔石と妖精の光は銀色の食器と白いテーブルクロスに反射して瞬き、複雑な色合いの輝きを放ち、テーブルの上の豪華な食事や飲み物を照らしている。

しかしこれらの装飾は所詮脇役に過ぎない。

会場にいる人々の衣装は、いずれもこれらの装飾品を霞ませるほどの強烈な存在感を放っていた。

誰もが何かしら輝くものを身につけている。

指輪やイヤリング、ネックレスに腕輪。それらはいずれも光魔法の力で特殊な輝きを放ち、装備者の容姿を美しく飾り立てている。

また誰も彼も摩訶《まか》不思議な衣服を着ていた。そのシルエットは通常の服装と特段変わりはなかったが、模様が常に変化しているのである。そしてやはりぼんやりと光り輝いていた。

おそらく服の模様に魔法をかけて変化させているのだろう。

リンは目の前を通った女性の服に一瞬、魔法陣のようなものが浮き出ているのが見えてしまった。

何も光る魔道具を身につけていないのはリンとユヴェンくらいのものであった。

リンは渇いた笑いを漏らした。

もっと高い服を着ていくべきかと迷っていたが、そんな悩みはバカバカしいものだったと気付いたのだ。彼が多少奮発しようがしまいがこの部屋にいる人々からすれば大した違いはない。

学院の初等クラスで高嶺の花を気取っているユヴェンの服装ですらこの部屋では地味で野暮ったいものに見えた。

リンとユヴェンが部屋の雰囲気に圧倒されていると脇のわずかな暗闇からささやき声が聞こえてきた。

「もし。リン様ではありませんか？」

「えっ？　はい。そうですが」

「私、ウィンガルド王室に仕える召使でございます。イリーウィア様からの申し付けによりリン様にこのお茶会のご案内をさせていただきます」

「はあ」

リンは少し困惑気味に返事したが、気にせず召使は話し始めた。

「この王室茶会で、招待客ははじめに主催者の元に、今回はイリーウィア様の元に挨拶に行くのが習わしでございます。あちらの主催者席へ続く列に並ぶようお願いします。喉《のど》が渇いているようでしたら脇のテーブルからお飲み物をご自由にどうぞ。その後、イリーウィア様によって席が指定されるので指示に従ってください」

リンが闇から伸びてきた指の先を見ると、上座と思しき場所に向かって人々が列を作っている。列の先にイリーウィアがいるようだ。人々はすでに飲み物や軽食に手をつけていて談笑しながら挨拶の順番を待っている。

「わかりました」

「では、お気をつけて」

「あの、あなたのお名前は？」

「私はウィンガルド王国に仕えるしがない召使の一人。名を名乗るほどの者でもありません」

リンは声をかけた人間の顔を見ようとしたが暗闇でよく見えない。声のしわがれた調子から老齢と思われたが、男性か女性かもはっきりしなかった。

「それよりも暗闇を避けて進むよう気をつけてください。あなた方は何も輝くものを身につけていませんゆえ、暗闇に居ては我々とぶつかる危険があります」

リンは言われて気がついたが部屋には意図的に光が届かないよう暗くしている場所があった。暗闇に目をこらすと、そこでは給仕の人間が黒子のように目立たないよう立ち働いていて、妖精には運べない重い食器やグラス、食事を並べたり取り換えたりしている。

「どうかお客様方は光り輝く道を進みますよう」

それだけ言うと声の主の気配は暗闇の中に消えてしまう。


リンはイリーウィアへの挨拶を順番待ちする間、何とも言えず居心地が悪かった。

他の招待客の視線が痛々しい。

彼らはリンとユヴェンをジロジロ見た後、皆一様に戸惑いや侮蔑《ぶべつ》の表情を浮かべてくる。

少なくとも歓迎されていないことは明らかだった。

イリーウィアに挨拶を済ませた人々が一人ずつ列から外れていった。いよいよリンの番になる。

リンはイリーウィアに久々に会うことに緊張した。

本当に自分はこの場にいていいのだろうか。彼女は以前と同じように接してくれるだろうか。

「あら、リン。よく来てくださいました」

イリーウィアは上品に微笑んで見せる。その微笑みは以前森を一緒に探索した時と変わりないものだった。リンはひとまずホッとした。

とはいえ、彼女の服装を見てまた緊張してしまう。

彼女の服装はこの会場を彩る魔法の衣服の中でも一際豪華なものだった。

イリーウィアのドレスはシックな黒い生地に夜空の星々を表す輝きがそのまま映って運動していた。星々は赤色や青色、黄色にきらめいており、宇宙の雄大さと無限の儚《はかな》さが同居して強い存在感を放っているにもかかわらず、それでいて彼女の生来の美貌《びぼう》を一つも損ねることなく引き立てていた。一体どれだけの技術と労力、魔法の知識を積み重ねればこれだけの美しい衣服を作り出せるのだろうか。

彼女は豪華な彫刻と鮮やかな刺繍《ししゅう》を施された三人掛けのソファにゆったりと腰掛けていた。目の前のテーブルには今宵の招待客から送られたであろうプレゼント箱や美術品がうず高く積まれ、テーブルに乗りきらない分は床に置かれている。

その光景は彼女がこの茶会の主役であり、女王であることを嫌が応にも示している。

リンはユヴェンの方をちらりと見た。

案の定、彼女は俯いて恥ずかしがっている。

リンには彼女の気持ちがよく分かった。イリーウィアの美しさはできることなら遠くから眺めていたい種類のものであった。こうして近くで会話を交わしてしまえば自分の卑しい身分をいやでも意識せずにはいられなかった。

「ご招待ありがとうございます」

リンは定型通りの挨拶をした。

「あなたとはもう一度お会いしたいと思っていました」

イリーウィアは微笑みながらリンにそう声をかけてくれた。

リンは曖昧な笑顔を浮かべる。正直なところ彼女の真意を測り損ねていた。リンはこの塔に来て以来の様々な経験から人の言うことには表裏があることを学んでいた。特に高貴な身分の人が言うことには……。彼女の言うことをどこまで真に受けていいのだろう。彼女はなぜ自分のようなものを招いてくれたのだろうか。

「あなたがマグリルヘイムにもう呼ばれないと聞いて残念に思っていたのですが、あなたが貴族のお茶会に参加したいと言っていたのを思い出してお招きしようと思いついたのです」

「まさか本当に誘っていただけるとは思っていませんでしたよ」

「ふふ。驚いたでしょう？　あなたを驚かせたくて色々と考えたのですよ」

彼女は口元に手を当てて上品に笑ってみせる。お茶目なのは相変わらずのようだった。

「それより知りませんでしたよ、リン。あなたにあんな厄介な病気があったなんてね」

イリーウィアは全てを見透かしているかのようにくすくすと笑う。

リンは恥ずかしくて俯いてしまう。

「これからはあなたを呼ぶ時はそちらの……ええと……ユヴェンさんでしたっけ？　彼女も一緒に呼ぶようにしますね」

イリーウィアはユヴェンに対しても微笑んでみせる。

ユヴェンはというと今後も自分が呼ばれることが確約されたたというのに控え目に会釈するだけでしおらしくしていた。

彼女はすっかり場の雰囲気に萎縮《いしゅく》してしまっていた。

無理もなかった。

ここまでお茶会を楽しむどころか場違いな人間であることを思い知らされるばかりなのだから。

見栄っ張りの彼女のことだ。

本当は恥ずかしくて今すぐにでも帰りたいに違いなかった。

「リン、ユヴェンさんもあなたと一緒で相当な恥ずかしがり屋さんのようですね」

「えっ？　ええ。はい。まあ、そうですね」

彼女の普段の姿を知っているリンは曖昧に返事するだけにしておいた。

「リン。こちらに座りなさい。あなたも」

イリーウィアがリンとユヴェンを自分の座っているソファと対面のソファに招き寄せる。

招待客の人々がざわついた。

今までイリーウィアに挨拶に来た人々は皆一様に立ったまま二言三言交わしただけで退けられていた。自分のそばに座らせるというのは明らかに特別な厚遇だった。

「どうしました？」

リンがまごついているのを見てイリーウィアが尋ねる。

「あの。いいんでしょうか。僕達なんかが座らせてもらって」

「構いませんよ。私が許可しているのです。他に誰が反対するというのですか？」

確かにこの場で彼女に反意を唱える者などいはしない。

しかし……

（イリーウィアさんがよくても、周囲の妬《ねた》み嫉《そね》みのしわ寄せが僕に来るんですが……）

人々は早くもリンに対して羨望と嫉妬の眼差しを向け始めていた。リンも敏感にそれを感じ取っていた。

とはいえイリーウィアからの申し出を断るのもそれはそれで憚《はばか》られた。

リンは周囲の目を気にしながらもイリーウィアの言うとおりにする。

15. お茶とブドウ酒

リンが座るとすぐに胸元のポケットがモゾモゾと動き出してレインが飛び出した。

イリーウィアの側からもペル・ラットが現れる。二匹のペルラットは再会を祝してテーブルの上で互いの鼻先をこすり合わせる。

「レイン！」

「あらカラット」

イリーウィアはペル・ラットにカラットと名付けたようだった。

「そう言えばこの二匹にとっても久々の再会でしたね」

イリーウィアはおかしそうに笑う。

「誰か。この二匹に何か木の実を」

イリーウィアがそう言うと暗闇からクルミが投げ込まれた。二匹はテーブルの隅で仲良く木の実をかじり始める。

「懐かしいですね。二人で魔獣の森を散歩しました。キマイラを一緒に退治しましたね」

イリーウィアのこの言葉をきっかけに二人は魔獣の森での思い出話を始める。

「ではやはりイリーウィアさんもマグリルヘイムをやめてしまったんですか」

「ええ。マグリルヘイムの方々はみんな優秀でいい人達だったのですが、やはり私には性に合わなくて」

彼女は憂鬱そうに言った。

「リンの方は最近どう過ごしているんですか。相変わらず工場で労働？」

「えっ？　い、いやあ僕はちょっと最近転職しまして、まあ大した仕事ではないんですが……」

まさかレンリルの品物をアルフルドに密輸して商売しているなんて言えない。

リンが答えに窮《きゅう》しているとちょうどその時ポットが暗闇から進み出てきてテーブルに置かれる。

「あら、お茶が入ったようですね」

リンは話題が逸れてホッとした。

ポットはひとりでに傾き、三人の前に置かれたティーカップに紅色の液体を注ぐ。暗闇の中で誰かが質量魔法を使っているようだった。

お茶の香ばしい香りがテーブルに広がる。

「いい香りですね」

「紅茶は飲んだことがあって？」

「いえ、まだ飲んだことがありません」

「では是非飲んでみてください。ちょうど良いお茶を取り寄せたところです。シーナという産地から取れる珍しいものですよ。さあ召し上がって」

「では、いただきます」

リンは立ち上る香りに魅了された。

こんなに芳《かぐわ》しい香りなのだからきっと美味に違いない。

「うっ、苦い」

リンはひと口飲んだだけでカップから口を離してしまった。

「あら？　お口に合いませんでしたか。ではこちらのブドウ酒はいかが？」

イリーウィアはお茶の代わりにぶどう酒の入ったゴブレットを差し出してきた。フルーツの香りがする。リンは果物が大好きだった。これなら飲めそうだと思った。

「ゲホッ」

発酵《はっこう》した予想外の味にリンはむせてしまった。

「あらあら。あなたにはまだ早かったようですね」

イリーウィアはクスクスと笑う。

「すみません。せっかくいただいたのに」

「いえいえ。いいんですよ。あなたは相変わらず面白いですね」

「はあ」

リンには何がおかしいのかわからず曖昧な返事しかできない。

「あの。いいんでしょうか。こんなに長く話し込んでしまって。他の方もイリーウィアさんと話すために並んでいるのに」

リンは先ほどから自分の後ろに順番待ちで控える人々のことが気になって仕方がなかった。彼らは談笑したり飲み物を飲んだりして時間を潰しながらも不安そうにこちらの方をチラチラと見ている。

「構いませんよ。お茶会は始まったばかりです。時間はまだまだありますよ」

「でも、僕たちだけこんなに長くイリーウィアさんに相手してもらうというのは気が引けるというか……」

「リン。そんなことはあなたが気にしなくてもよいのです。彼らは待ちたいから待っているのです。

それに……」

イリーウィアが目を細める。リンはその仕草にドキリとした。

「主だった者への挨拶はもう済ませました。あとは取るに足りない者達ばかり。待たせておけばよいのです」

イリーウィアは悪びれる様子もなくそう言った。リンは周りの空気が凍りつくのを感じた。列に並んでいる人達は気まずそうに目を背けている。みんな今の発言を聞かなかったことにしたいようだった。

「さあ。お話を続けましょう。私はあなたとお話がしたいのです」


彼女は以前と変わらず分け隔てなく話してくれた。

ユヴェンに対しても親しげに声をかけてくれる。

しかしその服装と彼女の気品のある仕草は容赦なくユヴェンに惨《みじ》めな気分を味あわせた。

ユヴェンはもはや身動きするのも恥ずかしいと言わんばかりにジッとしていて微動だにしない。

イリーウィアのような本物の貴人に比べれば、ユヴェンは所詮田舎の成金の娘である。

二人の挙措《きょそ》一つ一つを取っても雲泥《うんでい》の差であった。

リンは二人を会わせてしまったことを後悔した。

イリーウィアにはリンの居心地の悪さも、ユヴェンの惨《みじ》めさも招待客たちが二人に浴びせる冷ややかな視線も何も見えていないようだった。

彼女には下々の者の気持ちなど、リンとユヴェンの感じる劣等感などわからないのだ！

イリーウィアに悪気はない。ただ彼女は無邪気だった。

まるで世の中の苦労など何一つ見ず知らずすくすくと育ったのではないか。リンにはそう思えて仕方がなかった。

（もう少しユヴェンのことを気遣ってあげればいいのに）

リンはイリーウィアに対して密かな反感を覚えた。


どれくらい時間が経っただろうか。レインとカラットが揃って仲良く居眠りを始めた頃、イリーウィアの背後の暗闇で何者かが動く気配がした。

彼女の耳元に何か囁いたようだ。

「あら、もうそんな時間ですの？　仕方ありませんわね」

イリーウィアが気怠《けだる》げな表情を見せる。

「リン。残念ながら時間が来てしまったようです」

イリーウィアはいかにも憂鬱そうに言った。

「今日のお茶会には学院生やウィンガルドの上級貴族だけでなく、上階層に所属する高位魔導師の方々もたくさん来ています。コネクションが欲しいあなたにとって彼らとの交流は実り多いものになるはず。ゆっくり楽しんでください」

「え、ええ。どうもありがとうございます」

リンは正直なところ人々からの冷ややかな視線に耐えるのに精一杯でそれどころではなかった。

とはいえ彼女からの厚意を無碍《むげ》にするわけにもいかない。

リンは彼女に下手なことを言ってしまったことを後悔した。

「その装備でこの会場を歩くのは不便でしょう。デューク」

イリーウィアはリンとユヴェンの身なりをちらりと見た後、暗闇に声をかける。すると暗闇から黒いローブを着た彫りの深い顔の男が進み出てきた。

「紹介します。彼はデューク。私の師匠兼護衛役を務めている男です」

「どうも。リンです」

リンは会釈をしたが、デュークの反応は薄く、それどころか心なし冷ややかな視線をリンに注いでいる。

どうやら彼もこの会場にいる大多数の人々同様リンのことを歓迎していないようだった。

「デューク。この二人にあなたの指輪を与えなさい」

「かしこまりました」

デュークはポケットから指輪を取り出すと二人に手渡してきた。小粒の魔石が嵌《は》め込まれた指輪だった。

イリーウィアが首を傾げる。

「もっと上等なものがあるでしょう?」

「生憎今《あいにく》はこれ以外持ち合わせておりません」

「あなたらしくない不手際ですね」

イリーウィアはかすかに眉をひそめた。とはいえデュークのこの態度は招待客達を安心させた。デュークはイリーウィアのお目付役である。彼がリンに対してつれない態度を取っているということは、自分達もリンに対しておもねる必要はないということを意味していた。

「まあいいでしょう。リン、私はまだ挨拶が残っていますので積もる話はまた後にしましょう。その間、二人はゆっくりしていてください。デューク。二人にこの近くの席をあつらえてあげてください」

「かしこまりました。おふた方。こちらへどうぞ」

二人はデュークに誘われてイリーウィアのいるテーブルから別のテーブルに移った。

イリーウィアは近くの席と言っていたが、デュークによって案内された席は彼女の席からいささか離れた薄暗い場所だった。

16．イリーウィアの憂鬱

魔石から放たれる光の色が変わる度にパーティー会場は異なる表情を見せていった。赤やオレンジが強くなると火山の火口のように、緑色が強くなると密林の奥深くやエメラルドの海のように、青色が強くなると深海や宇宙のように姿を変えていく。

それらのいずれも見たことのないリンはただただ会場の幻想的な雰囲気に酔いしれるばかりだった。

とはいえいい加減リンもこの光景に飽きてきてしまった。

ユヴェンはこちらの席に来てからもずっと無口で何を話しかけてもうなだれているばかりだった。

そしてついに先ほど一人で会場の外の、おそらく化粧室に行ってしまった。

リンは一人になってしまった。

イリーウィアの方を見るが彼女の挨拶は一向に終わりそうにない。

せっかく招待されたお茶会、リンはイリーウィアに言われた通り、高位魔導師や上級貴族と繋がりを持つために勇気を出してこの場にいる子達に話しかけてみることにした。

手始めに先ほどから一人でいる自分と同じくらいの歳の男の子に近寄ってみる。

しかし彼はリンが笑顔を振りまきながら近づいていくと目をそらして離れていき他のグループに加わってしまう。

（ちょっと人見知りな子だったんだろうな。気にせず次に行こう）

リンは二人組の女の子に話しかけようとしたが、彼女達はリンの服装を見るなりぎょっとしてやはり離れていく。

仕方なく別の子に話しかけようとして、背の高い青年とすれ違う。リンはとっさに声をかけてみたが、彼はジロリとこちらを睨んだ後早足で歩いて行ってしまう。

しばらくの間あちこちのテーブルに行って話しかけていたリンだが、結局誰からも相手にされることはなかった。

リンはすっかり意気消沈して元の薄暗い席に戻る。

(あーあ。やっぱりみんな同じ身分同士で話がしたいのかな)

リンは暗がりからきらめく世界をぼんやりと見つめる。

みんな思い思いにパーティーを楽しんでいる。リンの方に近づいてくる人間なんていやしない。

とはいえリンにはもはや寂しさや居心地の悪ささえ感じないくらいに疲れてしまった。お茶会というのがこうも精神的に疲れるものだとは思わなかった。これなら工場で働いていた方がまだマシだった。

リンはふとこちらをチラチラと見てくる少女がいることに気づいた。

灰色の髪に銀縁眼鏡で異様に眼光の鋭い女の子だった。五、六人ほどでテーブルを囲んでいるにもかかわらず、グループの話には加わらずこちらの方へと遠慮がちに視線を送ってくる。

(もしかして僕と話がしたいのかな)

リンはそう思ったが、こちらから話しかけることはしなかった。

自分の勘違いかもしれない。他の参加者同様リンのことを訝しがっているだけかもしれない。話しかければまた無視されたり、睨まれたりするかもしれない。リンにはもう危険を冒して声をかける気力はなかった。

彼女もしばらくするとリンから目をそらしてテーブルの会話に加わり始めた。

リンはやはり気のせいなのだと思って忘れるようにした。

しかし彼女は、セレカはその後もリンの方にしばしば注意を向けた。

セレカはリンのことが気になっていた。

彼女はリンに見覚えがあったからだ。

（気のせいだろうか。あの子はもしかしてあの時、イリーウィアが光の橋を渡した時、工場にいた子じゃ。人違いかな。それにしても似ている。でもだとしたら平民階級の子がどうしてこんなところに……）

セレカはリンに問い詰めたくて仕方がなかったが、彼は疲れているように見えた。声をかけると迷惑かもしれない。ただでさえ先ほどデュークによって彼に声をかけないよう釘を刺されたところだ。

セレカはじれったい思いをしながらテーブルを囲む会話に加わらなければならなかった。


上流階級との交流を諦めたリンは気を取り直して食事を楽しむことにした。

（せめて美味いもんだけでも食って帰ろう）

リンはそう割り切ることにした。暗闇にいる召使の人達に美味しいものを持ってきてもらうよう頼む。

お茶会に出されている食事はどれもこれも美味だった。どれだけ食べても飽きることはない。

そうこうしているうちにユヴェンが席に戻ってきた。

「あ、ユヴェンおかえり。これ美味し――あっ……」

リンは戻ってきた彼女を見てハッとした。

彼女の目元は赤くなっていた。

涙の痕《あと》だとわかる。

彼女は化粧室で泣いていたようだ。

リンはいたたまれない気持ちになる。

(付いてこなけりゃよかったんだ。こんなところ)リンはこういう扱いに慣れているが、彼女には耐えられないだろう。

リンはきらびやかなパーティー会場を忌々しげに見つめた。

今すぐ全てをぶち壊してしまいたい気持ちだった。そうすれば少しは彼女の気も晴れるかもしれないじゃないか!

「リン様」

傍の暗闇から声をかけられる。

「はい。何ですか」

「お楽しみのところ申し訳ありませんが、今宵のパーティーもお開きの時間が近づいてきました。混雑を避けるため順番に帰宅していただきとうございます。まずはリン様とお連れの方から。出口まで案内させていただきます」

「わかりました」

リンは促されるまま立ち上がった。ユヴェンも黙って付いてくる。

二人は招待客の賑わいを避けるように広間を迂回して暗闇を進んだ。頼りになるのは指輪のかすかな光だけだった。

「リン殿」

リンは出口から出たところで呼び止められた。

デュークの声だった。

「忘れ物ですよ」

デュークはリンに向かってレインを投げてよこす。リンは手のひらでレインを受け取った。レインは乱雑に扱われたにもかかわらず、ぐっすり眠っていた。何か魔法をかけられたようだ。

「では、帰り道にお気をつけて」

「あの、デュークさん。指輪をありがとうございました。お返しします」

「指輪は返さなくても結構。その代わりもう二度とここに立ち入らないように」

そう言うとデュークは扉をバタンと閉めてしまった。

リンが建物の外に出ると馬車が用意されていた。

外から建物を見るとまだお茶会の会場だった場所はいまだに煌々《こうこう》と明かりが付いている。召使はもうお開きと言っていたが、お茶会が終わる気配は一向になかった。

リンは少しだけ明かりを見つめた後、馬車にユヴェンと二人で乗り込んだ。

馬車の中でリンはユヴェンの顔をチラリと見たが薄暗くて彼女の表情はよく見えなかった。

リンは今日一日あったことを反芻してみた。

煌《きら》びやかな会場、暗闇からの声、イリーウィアの微笑み、ユヴェンの涙、手に入れたのはちっぽけな指輪だけ。

リンにとって、上流階級との交流は、初めて飲む紅茶やブドウ酒のように苦い思い出になってしまった。


デュークはイライラとしながらパーティー会場を歩き回っていた。

彼はリンに近づこうとする者達に釘を刺すため奔走《ほんそう》していた。

彼らはリンが何者なのか、イリーウィアとどういう関係なのか、デュークを呼び止めては聞きだしてきた。

デュークはいちいち彼らに言って聞かせた。

リンはもうここに来ない。彼に取り入ってはいけないし、特別な関係を築いてもいけない。彼とイリーウィアの関係についていたずらに噂を立ててもいけない。

「全く何を考えているんだ。どいつもこいつも。イリーウィアもイリーウィアだ。リンとかいうあの子供。奴隷の子じゃないか！　あんな奴に目をかければどうなるかなんてわかっているだろうに」

デュークは彼女に挨拶するため長蛇の列を作っている招待客を忌々しげに見る。

彼らは誰も彼もイリーウィアに懇《ねんご》ろに声をかけられて感激している。先ほど冷ややかな言葉を浴びせられたにもかかわらず。

デュークには彼らの気持ちが手に取るようにわかった。つまりこういうことだろう。

イリーウィアは確かに『取るに足りない者達』と言った。しかし自分だけは違う。

「そりゃあそうだ。彼女に微笑みを向けられれば誰もが思うだろう。自分は特別なのだと。だがそれは彼女の恐ろしさを知らないからだ。彼女に声をかけられるだけで、兵士は喜び勇んで死地に赴《おもむ》く。商人は秘境まで品物を仕入れに行く。そして魔導師は塔の頂上へ。愚か者どもが！　弄《もてあそ》ばれているとも知らないで。そうでもない限り彼女がお前たちごときに声をかけるわけないだろう」

デュークは自嘲気味に笑った。

「俺を見てみろ。彼女の言葉に乗せられたばかりに自由を失ってこのザマだ。身の丈に合わない野心を持つからこうなる。さあ帰れ。どいつもこいつも自分のいるべき場所に帰ってしまえ。お前達もだ妖精ども。魔力に惹《ひ》かれて浅ましく群がりやがって。自分の持ち場に帰れ！」

デュークは集まっている妖精達に杖を振り回して追い払う。妖精達は彼の剣幕と怒鳴り声に怯えて散り散りに逃げていく。

「ええい、どいつもこいつも鬱陶《うっとう》しい。少なくともお前達は自由だろ！　何が不満なんだ。さっさと自分にふさわしい、あるべき場所に帰ってしまえ！」

「ふう。疲れましたね」

お茶会が終わり、イリーウィアは自室に帰ってベッドに寝転がった。結局、彼女の一日は招待客への挨拶だけで終わってしまった。

「シルフ。教えてちょうだい。今日のお茶会であったこと。特にリンのことについて」

彼女は部屋で一人になってからシルフの話を聞くことが習慣になっていた。

その日、イリーウィアのあずかり知らぬところで起こった出来事についてまとめて話をさせるのだ。

風の精霊が姿を現してイリーウィアの耳元に口を寄せて囁《ささや》く。

彼女はイリーウィアに今日お茶会で起こったことについてすべて教えた。

表向きのことだけではなく、暗闇で蠢《うごめ》いていた人々の行動と思惑、その裏側まで。

「そう。やはりデュークが陰でいろいろやってたのね。リンを先に帰したのか……。まったく。無粋な男ですこと」

イリーウィアは招待客からの贈り物や美術品の数々を横目で物憂げに見る。これらはお茶会が終わった後、自室にあらかじめ運び込まれたものだった。イリーウィアは贈り物と部屋の隅にいるカラットと見比べる。

贈り物の蓋《ふた》を開けて中身を開けようか、それともカラットと遊ぼうか。結局イリーウィアはカラットに声をかけることにした。

「おいで。カラット」

イリーウィアが声をかけるとカラットが素直に駆け寄ってくる。イリーウィアはカラットの首元をつまんで自分の顔の近くまで持ってくる。

「つまらないお茶会だったわ。ねえリン、高価な贈り物もうわべだけの美辞麗句《びじれいく》ももうたくさん。私はもっと楽しいことがしたいの」

イリーウィアはカラットにウィンガルド語で話しかける。カラットは首を傾げる。なぜ彼女はいつも通り自分にもわかる魔法語で話しかけてくれないのか。

「リン。このくらいでひるんでいるようでは私と本気で遊ぶことはできませんよ？　ああ、退屈だわ」

17. ユヴェンの決意

王室茶会の帰り、馬車から降りた後、リンとユヴェンは九十階層のエレベーターステーションに歩いて行った。

ユヴェンはお茶会の会場にいた時に比べて表情は落ち着いていたが、相変わらず無口だった。

リンはなんとか彼女を元気付けようといろいろ声をかけてみたが、彼女は何も返事をしてくれなかった。

とうとうリンも匙《さじ》を投げてしまう。

（まあ無理もないよ。あんな扱いされちゃあね）

一方、これで良かったとも思う。

（いい薬だよ）

今までのユヴェンの振る舞いを思い返すとそう思わざるを得ない。

パーティー会場の人々やデュークの態度は冷ややかだったが、一方で常識的だともリンは思った。

リンなんかに目をかけるイリーウィアが変わっているのだ。

確かにリンは王族の暮らしに憧れはあったが、身の破滅を招いてまで立身栄達の望みを持とうとは思わない。

（これでユヴェンも分かっただろ。闇雲に上昇志向を持ったところでいいことはないって）

リンはここ最近自分の身に起こった奇妙なことを思い返した。思えば変な体験をしたものだ。マグリルヘイムに加わって、王室茶会に招待されて。夢見心地のようであったが儚い夢だった。そして夢はもう醒《さ》めた。

（上流階級の社会を少しだけでものぞくことができてラッキーだった。そう思わなくっちゃね）

リンは自分にそう言い聞かせた。

（僕もユヴェンも自分のいるべき場所に還るんだ。僕はアルフルドで細々と暮らして、ユヴェンは下級貴族の子弟と結婚すればいいよ。下手な野心を持たずささやかな幸せで満足するんだ）

しかしそのあとユヴェンの言ったことはリンの予想に反することだった。

「私、塔の頂上を目指すわ」

「なんだって？」

リンは驚いて聞き返す。

「私、今日のこの惨めさを忘れないわ。必ずあいつらよりも上の階層へたどり着いて仕返ししてやるんだから。絶対にあいつらよりもえらい魔導師になって、あいつらを茶会に呼んで惨めな思いをさせてやるわ」

「ユヴェン。君は……」

（君は何度世界に傷つけられ、打ちのめされたとしても塔の頂上を目指すんだね）

リンはこの時初めユヴェンに尊敬の念のようなものを抱いた。

今日一番傷ついたのは彼女のはずだ。

それなのに彼女はまだ上階を目指すという。

確かに彼女が彼らを見返すには彼らより上の階層に到達するしかないだろう。

リンは自分がケアレにいた時のことを思い出した。

戦争によって荒廃しきった故郷でなす術もなく無力感に苛まれ、ただ佇んでいた自分。

ユインによって拾われるまで何もできずただ傷ついていた。

けれどもユヴェンは自分の力で立ち上がろうとしている。

リンは無性にユヴェンを応援したい気持ちに駆られた。

「うん。いいと思う。野心のある人は素敵だよ」

リンとユヴェンを乗せたエレベーターは学院入り口の駅にたどり着いた。ここからそれぞれ別々のエレベーターに乗り込んで帰宅する。

エレベーターから降りる頃リンは覚悟を決めたように前を向いていた。

(俺も少しはユヴェンを見習ってみるか)


リンとユヴェンが自分たちの住居へ帰るエレベーターにそれぞれ乗ろうとしているとテオとばったり会ってしまう。

テオは狐《きつね》につままれたような顔をしていた。

「テオ。なにやってんの。こんなところで」

「おお、リン。いや今、例の密輪の件で協会の方に行ってきた帰りなんだけどさ」

「密輸って……あんたらそんなことやってたの」

ユヴェンが顔をしかめる。

「それで、どうだった？　やっぱり怒られたよね。何か罰とか……」

「いや、なんか褒められた」

「えっ？　どういうこと？」

「いや、実はかくかくしかじかでさ」

テオは協会で言われたことについてかいつまんで話しだした。

「素晴らしい。自分でエレベーターを造り運用するとは。塔は君のような人材を求めていたんだよ」

「はあ」

テオは協会の担当者に自分のやったこととその正当性を訴えた後、思わぬ返事が返ってきて面食らった。

向こうが頭ごなしに説教してこようものなら「こんなところ出ていってやる」と返すつもりだったのだが。

「あの、エレベーターって塔の協会しか管理しちゃダメなんじゃあ……」

「いや、そんなことはないよ。確かに現在動いているエレベーターのほとんどは協会の管理下にあって、貨物を運ぶ場合徴税がかけられるが、決して個人がエレベーターを作って運用してはいけないという法律はない」

（そ、そうだったのか）

「一応、エレベーターの運用とアルフルドでの商業活動には登録が必要というルールはあるが、まあそのくらいどうとでもなることだ。手続きはこちらでやっておこう。君がエレベーターの運用を始めた時点までさかのぼって登録しておくよ」

協会の担当者は手元の引き出しから紙を取り出して手際よく書類を作成していく。

「あの、じゃあ今まで通り商売やっててもいいんですか」

「もちろんだ。それよりも学院卒業後の進路はもう決まっているのかね。もし決まっていないのならぜひより上の階層を目指したまえ。なんなら私の方から有力なギルドに推薦してもいい」

「というわけで、怒られるどころかむしろ背中を押された」

テオは腑に落ちない表情をしていたが、その一方で満更でもなさそうだった。

「テオ。じゃあ……」

「ま、そうだな。せっかく評価してもらえたことだし、俺も塔の上層を目指してみるかな。行けるところまでだけど。やれるだけやってみるさ」

リンは嬉しくなってきた。

少なくともテオと一緒に居られる時間が長くなるのだから。

「ふん。あんたじゃあ大して上にはいけないと思うけれどね」

ユヴェンはすっかり元の調子に戻っていた。なんだかんだ言ってテオが塔にいるのが嬉しいようだった。

「どうかな。金さえ稼げれば課金アリの授業を受けることができる。貴族に対抗することもできるはずだぜ。なあリン」

「えっ？」

「なんだよ。お前は塔の上層に所属するような偉い魔導師になりたいんだろ？」

「僕は……」

「俺は商売さえできればそこまで塔の上層にこだわりはないけれど、事業で稼いだ金でお前の塔攻略をサポートできる。どこまで上に行けるかはわからないけれど、行ける場所までは一緒に、塔の上層を目指そうぜ」

テオとユヴェンがリンの方を見る。

リンはまっすぐ二人の方を見つめ返した。

「うん。そうだね。みんなで、三人で塔の頂上を目指そう」

18. 砂漠色の衣

王室茶会から数日後、再びイリーウィアから来月のお茶会の招待状が届いた。

チケットは枚入っていた。

彼女はきちんとユヴェンのことを覚えていてくれたようだ。

手紙には以下のように書いてある。

次回は以前より小規模で落ち着いた雰囲気のお茶会であること。そのためもっとゆっくりイリーウィアと話ができること。

リンは迷った。

またあんな惨めな思いをするのはちょっと勘弁だった。

しかし以前ならともかく、塔の上階を目指すことを決意した今、こんなことで怯んでいるようではダメなような気がした。

貴族階級に有利な塔の攻略。イリーウィアとの繋がりは間違いなく塔の攻略を有利にするはずだった。

一度誘いを断れば次また誘われる保証はない。

折角知り合ったイリーウィアとこんな形で縁が切れるのは残念な気がした。

リンは悩んだ。

（せめて衣服さえなんとかなればな）

そこでリンは次のように手紙を書くことにした。

「パーティーへの招待ありがとうございます。

とても嬉しいです。

ただ以前参加した時思ったのですが、僕たちの服装はあの場所にふさわしくないように思えました。ちょっと浮いてしまうと思うのです。僕とユヴェンには王族や上級貴族の着るような魔法の服をあつらえるような資金もアテもありません。

そこで無理を承知でお願いしますが、あの場に出ても差し支えないような衣服を貸していただけませんか。身勝手なお願いなのはよく分かっています。勿論お返しとして、僕に出来ることなら何でもさせていただきます。もし無理ならこのお願いは聞かなかったことにしてください。今回の参加は諦めてまたの機会に参加させていただきます。よろしくお願いします」

（こんなもんかな）

リンは手紙を封に入れると魔法語でイリーウィアの宛先を記し、呪文を唱えて妖精を呼び出す。

（まあ大丈夫だよ。困った時、人に頼ったり、施しを受けたりするのは悪いことじゃないって猟師のおじさんが言っていたし。イリーウィアさんも分かってくれるさ。どうせここで断ったら縁が切れるんだし。ダメ元で頼んでみればいいさ。失うものはない）

「妖精よ。この封筒を宛先まで送れ」

封筒は青い炎となり九十階層のアルフルド一等地へと飛んで行く。

リンは手紙を出した後で激しい自己嫌悪に襲われた。

自分が無茶苦茶浅ましいことをしているように感じてしまう。

手紙を送ってからリンは何をやるにも落ち着かなかった。学院にいる時も仕事をしている時も終始イリーウィアに送った手紙のことを考えて浮ついた気分になっていた。

イリーウィアは自分のことをどう思うだろう。浅ましい物乞いとみなして軽蔑するだろうか。

リンには便りがないのが一番落ち着かなかった。イリーウィアとの関係がこれっきりになるならそれはそれでいい。

辛いのは向こうから返事が帰ってくるまで待たなければならないことだった。早く結論を出して落ち着きたかった。

数日後、イリーウィアから手紙と小包が届く。リンは恐る恐る手紙の封を切った。

「リンへ。

身勝手なお願いだなんてとんでもない。是非あなたとユヴェンさんの分の衣装を用意させていただきます。お返しも気にしないでください。何か困ったことがあったら何でも相談してくださいね。私とあなたの間で遠慮はなしですよ。

あなたの友人、イリーウィアより」

リンが封筒に添付された小包を開けると中から紅色の上等な導師服が出てきた。それを見るや否や、リンはベッドにうつ伏せになって脱力する。

ここ数日イリーウィアに白い目で見られるのではないかと気が気ではなかったのだ。

（イリーウィアさんはホントに良い人だな）

彼女は生まれもっての王侯貴族。下々の者に施しを与えるのは、母親が生まれたばかりの子供に乳を与えるかの如く自然なことなのだ。リンのような人間が上流階級に対して持つ暗い感情など決して見えはしない。

彼女の慈愛に満ちた施しは夜空を照らす星々の光のように、身分の貴賤に関係なく誰の上にも等しく降り注ぐ。


「それで。君はお姫様に服を貢がせたのか」

テオが呆れたように言った。

「貢がせたなんて人聞きの悪い。借りただけだよ」

リンは部屋でお茶会に出席する準備をしながらそう言った。

チケットとイリーウィアの送ってくれた服を忘れないようカバンに詰め込む。

「そうは言うけど、……君ねぇ」

テオはため息をつく。

「本当にまだウィンガルドの王室茶会に行き続けるのかい？」

「もちろん。この前行ってみて分かったけれどさ。イリーウィアさんの影響力は絶大だ。塔の上層階に行くために彼女と仲良くなっておくのはきっとプラスになるよ」

「どうも僕にはきな臭く感じる」

「きな臭い？」

「話がうますぎると思わないかい？　いきなりお姫様にここまで可愛がられるなんて。ちょっとお茶会に招待されるならともかく服まで手配してくれるなんて」

「イリーウィアさんはいい人だよ」

「いや僕も悪い人だとは思わないよ。思わないけど……」

テオは珍しく言葉を濁した。彼にも違和感の正体がはっきりしないようだった。

「まあとにかく。タダより怖いものはないってことだね」

「大丈夫だって。心配性だなぁテオは」

「君は変なところで放胆なんだよ。意気地なしの癖に」

「酷い言い様だな。おっと。もう出かける時間だ。行ってくるよ」

リンはそのまま出かけようとしたがテオは扉を出た先まで付いてきて言い含めた。

「いいかい。王室というのは陰謀の巣窟だ。下手な発言が命取りになりかねないよ。なるべく差し障りのない会話をするように。金と政治の話題が出たら曖昧な返事でお茶を濁すんだ。しつこく迫られたらはっきり拒否して。絶対に深入りしてはダメだよ」


リンとユヴェンは再び王室茶会の扉の前に立っていた。

以前と違い二人は王侯貴族にも引けを取らない服装に身を纏《まと》っている。

しかしそれでも以前の苦々しい記憶が歩みを遅くし、二人を怖じ気づかせる。

「衣服をありがとう。この借りは必ず返すから」

ユヴェンが言った。

「行くのかい？　大丈夫？」

リンが心配そうに声をかける。

「もちろん。これくらいでひるんでなんかいられないわ。何が何でも上り詰めてやるんだから。そのためならムカつくやつらに一時的に媚びるくらいどうってことないわよ」

ユヴェンが自分に言い聞かせるように言った。

「よし。じゃあ一緒に行こう」

二人は手を繋ぎながら進む。

リンはユヴェンの手が震えているのを感じた。

リンはパーティー会場の人々の自分を見る目が以前と様変わりしているのを感じた。

以前は目が合った瞬間、いぶかしむような視線を向けられたが、今回はリンが会釈をすれば皆にこやかに返してくる。

リンは試しに以前近づくだけで逃げられた女の子にも笑顔を振りまいてみた。

彼女は恥ずかしそうにしながらもリンの方ににこやかな笑みを向けてくる。

リンは苦笑した。彼女は自分のことを覚えているのだろうか。

衣服は身分を表す最も基本的な単位だとつくづく実感した。

ユヴェンはというと先ほどから水を得た魚のように会場を泳ぎ回っている。

やはり彼女は素が美人なだけに衣服さえ上等なら上級貴族の子女にも引けを取らない華やかさだった。

彼女は薔薇色のドレスを着ていたが、ドレスは本当の薔薇のように八重咲きの花びらを表現している。彼女が歩くたびに花びらが散りまた揃って、とそれが無限に繰り返される。

彼女が目の前を通れば誰もが振り向き、その可憐さに見とれた。

ユヴェンも上級貴族達の品定めを始め、有力そうな男には早くも色目を使い始めていた。

イリーウィアの言う通り、パーティー会場は前回よりも小規模で落ち着いた雰囲気だった。

フロアには落ち着いた音楽が流れている。

参加している人々も前回ほど華美に光り物をつけておらず、表情もゆったりしている。家柄だけでなく、人格的にもゆとりがあり、そして利口な人々のようだった。せかせかとイリーウィアに取り入って嫉妬に炎を燃やしたりしない。

とはいえ彼らと親密な関係を結ぶのは難しそうであった。

リンが話しかければ彼らは感じよく応じてくれる。しかしそれは一歩線を引いた対応だった。彼らはリンの素性について既に知っているようだった。なるべくリンの生まれ育ちに関する話題は避けて差し障りのない話題を選ぶ。リンのことをイリーウィアのお気に入りとみなして配慮しつつもお互いの事情に踏み込み過ぎないよう細心の注意を払っていた。

リンもリンでその場の雰囲気を敏感に察知して持ち前の順応性を発揮する。彼らと差し障りのない会話をするために自分のことについては実業家という側面を強調するようにした。

「最近、友人と一緒に商会をはじめましてね。商品を安く仕入れる方法を考案したのです。今度、正式に魔導師協会に認可される予定です」

「ほう。商会を」

「一体どうやって安く仕入れるのですか」

「詳しくはお教えできませんが、合法的に徴税を回避して品物を仕入れる方法を見つけましてね」

「そのお歳で事業を起こされるなんて。才覚がおありですのね」

「その才覚を買われてイリーウィア様に招かれたというわけだ」

「いえいえ、イリーウィア様とはマグリルヘイムに所属していた時の縁で知り合いましてね」

「マグリルヘイムに所属していたのですか」

「将来有望でいらっしゃるのね」

「そんな。大したことありません。マグレ当たりで一度呼ばれただけですよ。何せマグリルヘイムのノルマときたら大変なものでして。ブルーゾーンにいながらイエローゾーンの魔獣を狩れという次第で……」

「はっはっは、それは酷い」

「ふふ。御冗談がお得意ですのね」

リンは取り留めのない会話を続ける。人々もリンに話題を合わせた。

ユヴェンはそれを見て内心舌を巻いた。

（こいつ案外器用ね）


リンが上級貴族達との世間話に花を咲かせていると人々がざわめく声がした。

ざわめきの方を見るとイリーウィアがリンの方に向かって歩いてくるところだった。

彼女は深い青色のドレスを着て顔には謎めいた微笑を浮かべていた。

19. 二人きりの時間

「イリーウィア様。お招きありがとうございます」

「来てくれたのですねリン」

イリーウィアはホッと安心したように胸をなでおろしてみせる。

「よかった。先日は早くに帰宅したと聞いたものですから。何か気分を害したのではないかと気にしていたのです」

どうやらデュークはイリーウィアにそういう風に報告したようだった。

リンはちらりと彼女の後ろに控えているデュークの顔を見た。

彼はいつも通りその彫りの深い顔を微動だにせず平然としている。

リンは彼の顔を立てて話を合わせることにした。

「気分を害しただなんて。とんでもない。本当はもっといたかったのですが、ちょっと予定がありまして。イリーウィア様にも一言断りを入れようと思ったのですが機会を逃してしまったのです。申し訳ありません」

「いえいえ構いませんよ。いずれにしてもまたあなたとお話ができるのですから」

「イリーウィア様」

ユヴェンがリンとイリーウィアの間に割り込む。

「あら、ユヴェンさん。あなたもまた来てくださったのですね」

「はい。私のことを覚えていてくださったのですね」

ユヴェンが感激したように言った。

「ええ、もちろん。ユヴェンさんはリンの知り合いですもの。それにこんなに可愛らしい。ウィンガルド王室総出で丁重におもてなししなくては」

「他人行儀にさん付けする必要なんてありません。どうぞ私のことも気安くユヴェンとお呼びください」

ユヴェンはリンからイリーウィアを横取りせんとばかりに話しかけた。

イリーウィアも嫌な顔ひとつ見せずにこやかに応じる。

二人は仲の良い姉妹のように見えなくもなかった。

実際、ユヴェンはそういうポジションを狙っているようだった。


ユヴェンとイリーウィアが談笑している間、リンは手持ち無沙汰になった。ふと彼女の後ろに付き従っているデュークに視線がいく。彼はリンを見張るかのように険しい顔を向けていた。

リンはデュークに話しかけることにした。

「あのデュークさん」

「なんですか」

デュークはそっけない態度で答える。

「今回の服の件でイリーウィアさんに何かお礼がしたいと思うのですが、何かイリーウィアさんの欲しがっているものとか、困っていることとか存じませんか？」

「……。君はまだイリーウィア様と自分が対等だと思っているのかね」

「ええ、僕は別にイリーウィアさんの家来になったわけではありませんし」

リンはさらりと言った。デュークは驚いたような顔をした。リンは気にせず続ける。

「以前、イリーウィアさんに言われました。自分のことについて知り、自分が他人に対して何を与えられるのか知らなくてはいけないと。その日から僕はイリーウィアさんに何を与えることができるのかずっと探しているのですが、なかなか見つけることができなくて」

デュークはしばらく難しい顔をしていたが、その後フッと寂しげな笑いを浮かべた。

「イリーウィア様のためにできることなんて何もありませんよ。彼女には他人にあつらえてもらう必要のあるものなど何も無いのです。生まれつき全てを持っていますからね」

デュークは遠い場所を見るような目つきになる。

「実のところ私が護衛についている必要も無いのです。彼女は自分の身を自分で守れますから」

「そんなことは……。イリーウィアさんはデュークさんのことを頼りにしていると思いますよ」

「そう言ってくれるのはありがたいがね。そうでないことは私自身が一番よく分かっているんだよ」

デュークは諦めたような笑いを浮かべた。

「悪いことは言わない。自分の手が届かない人の役に立とうなどと思わないことだ。君も本当に自分を必要としてくれる人に尽くすようにしなさい。さもなければ身の破滅を招くことになる。手に入らないものを追い求めたところでろくなことにはならないよ」

そう言うとデュークはリンに背を向けて歩き出した。リンを監視するのをやめたようだ。彼の背中には心なしか寂しさが漂っていた。

フロアに流れる音楽が変わり人々は社交ダンスを踊り始めた。

リンはイリーウィアの隣に座ることを許され、フロアの様子を見ていた。

二人は上座の踊りが観やすい場所に座っている。二人の周りには風の精霊シルフが漂っていた。

賢明な参加者の人々はリンとイリーウィアの周囲から離れて二人を見ないようにした。シルフが現れるのはイリーウィアが周りを遠ざけて秘密の話をしたがっているサインだと知っているからだ。

今、近づけばイリーウィアの不興を買いかねない。何よりどんな危ういことを見聞きしてしまうかわかったものではなかった。

シルフは二人の会話が漏れないように二人の周囲の空気に魔法をかけた。

おかげで二人は誰にも聞かれることなく会話を楽しむことができた。

「ようやく二人でお話できるようになりましたね」

「ええ、まさかイリーウィアさんとお話するのがこんなに大変なことだなんて」

「そう、私達は例えるなら織姫と彦星。互いに恋い焦がれているにもかかわらず世間によって引き離され、年に一度しか会うことができません。ああ、なんたる悲劇でしょう」

リンは苦笑した。相変わらずどこまで本気で言っているのかわからない人だった。

「あなたのお友達、ユヴェンは可愛らしくて、人懐っこい娘ですね」

イリーウィアがフロアで踊るユヴェンを見ながら言った。

今、ユヴェンは上級貴族の青年に声をかけられ上機嫌で一緒に踊っている。どうやらイリーウィアはユヴェンのことも気に入ったようだった。

「えっ、ええ。まあ、そうですね」

(人によって態度が百八十度変わるけどね)

リンは心の中でぼやきながらお茶をすすった。

「あなたはお茶が飲めるようになったのですね」

「ええ、初めて飲んだ時は苦くて困惑しましたが、こうやって慣れてみるとクセになる味です」

「ふふ。少しだけ大人になりましたね」

イリーウィアはまた彼女特有のいたずらっぽい笑みを見せた。

「いかがですか。こうしてお茶会に出てみて上級貴族と交流してみて。将来の役に立ちそうなコネクションは築けましたか？」

リンは照れたように顔を赤くして俯いた。

「いえ、それがなかなか踏み込んだお話ができなくて。どうも皆さん僕のことを警戒しているようです。間合いを測っているような感じがしますね。僕と付き合って得になるのか損になるのか見極めているというか……」

「気づきましたか。人は利害によって動くのです。特にここにいる方々は利害の複雑に絡む上級貴族と王族達。軽々しく何かを約束できる人ではありません。あなたが彼らと関係を築くためには余程のメリットを示し、信頼を得る必要があるのです」

「信頼……」

「魔導師として信頼されたいのであれば何か実績を残さなければなりません。そのためには学院で優秀な成績を収めるだけでは足りないでしょう。学院を卒業して塔の百階以上で目覚ましい実績を残さなければいけません」

「やはり百階以上に行かなければなりませんか」

「ええ、そうですね。学院生の間は魔導師としての活動にも限度があります。魔導師として塔の外で活動するためには百階層以上にいかなければ」

リンは少しの間思案した。

（百階層か。そうなればやっぱり課金ありの授業を受ける必要があるな）

「イリーウィアさん。ありがとうございます。あなたの話を聞けたおかげで少しだけ自分の進むべき道が見えてきたような気がします」

「ふふ。また一つ賢くなりましたね」

「はい。勉強になりました」

そう返事しつつもリンは違和感を覚えた。

（上級貴族や王族達は利害と信頼関係がなければ動くことはない。でも……イリーウィアさんは利害がなくても僕のために色々してくれるじゃないか。僕なんかのために動いたところで何もメリットなんてないはずなのに。どうして……）

リンはそう思ったが言葉にするのはやめておいた。それを言えばこうして彼女に会うことは二度とできないような気がした。

「その服は気に入っていただけましたか」

イリーウィアがリンの衣服を見て言った。

「やっぱりその服はあなたに似合いましたね。あなたにふさわしい服を決めるためあれこれ考えたんですよ」

衣服は微妙な色合いの紅模様で、常に起伏が起こり波紋が広がっている。

その波紋は海に逆巻く波よりもゆっくりと動いており、自然の雄大さとゆったりした悠久の時間の流れを表していた。

リンにはこれが何を表す模様なのかわからなかった。

かろうじて大地なのは分かるがこんな地肌の大地は見たことがない。

「衣服を貸してくださりどうもありがとうございます。それにしても綺麗な模様の服ですね」

「そうでしょう？　それは砂漠の模様を表現しているのですよ」

「サバク？」

「砂と岩だけでできた乾いた土地です。どこまでも水を吸い込んでしまう、一切の動植物が生息できない過酷な土地。塔で罪を犯した魔導師を追放する場所でもあるのです」

リンは説明を聞いただけで背筋が寒くなってきた。

「怖いところですね」

「ええ、それでも美しい場所ですよ。アリブ砂漠に夕日がさしかかった時、なんとも言えない紅色に染まると言います。その服はその時の様子を表現しているのです」

デュークも参加者達と同様、離れたところに座りリンとイリーウィアの様子を伺っていた。

（なるほど。少し変わったところのある少年だ。イリーウィアが気にかけるだけのことはある。とはいえ……）

デュークはリンを哀れみの目で見る。

（イリーウィアのお遊びにも困ったものだ。どうせ飽きればすぐに捨ててしまうくせに）

20. アルフルドのならず者

アルフルドの八十階層。

そこは一等地とまではいかないがそれなりに富裕な者達の邸宅が建ち並び、大手の商会も事務所を構える繁華街である。

その八十階層の中でも高層で大手商会が多数入居している建物の一角の事務所で怒鳴り声が張り上げられていた。

「なんで徴税額がこんなに減ってんのよ」

ロレアが机をダンと叩いて、手下の男達に向かって当たり散らした。

彼女はいかにもイライラとした調子で尖った唇をさらに尖らせ眉間にしわを寄せている。その顔つきと表情を見れば、彼女を初めて見た人でも彼女が神経質な人だと容易に察するだろう。

彼女こそがレンリルとアルフルドを結ぶエレベーター間での徴税を魔導師協会に提案した張本人である。

この商売はアルフルドには富裕な家柄の子弟が多く、レンリルには貧しい者が多いことを見越して思いつかれた商売であった。

昔はもっと貧富や貴賤の隔たりがなく各階層に混在していたが、年を経るにつれてアルフルドに住むのは貴族や富裕な者ばかりに、レンリルには平民や貧者ばかりに、という風に偏っていった。

（貴族は金銭感覚が鈍いし、平民や奴隷は規則に従順だわ）

かくして彼女の思い通り、徴税を課した後も貴族は鈍い金銭感覚のまま暴利の商品を買い、平民は規則に従順に行動した。

貴族はアルフルドに固まって住むようになり、平民は無理に収入を増やしてアルフルドで生活することを甘受した。

階層ごとの住人は才能よりも財産と収入によって分けられることになったが、なるべく貴族階級を学院に入学させたい協会からすれば好都合だった。

ロレアの経営する商会は魔導師協会から貨物に関する徴税を一任されるようになった。

ロレアは協会に徴税請負人として貨物の徴税業務を代行する。協会には徴税額の半額を納める。

この内容で協会との取引は成立した。

こうして労せずして安定した収益を手に入れることに成功したロレアだったが、最近、この収入源が脅かされつつあった。目に見えてレンリルからアルフルドへと輸送される商品の貨物量が減っているのだ。

「なんでこんなに貨物の量が減ってるのよ。アルフルドの人口は年々増えていってるっていうのに。おかしいでしょ」

「どうやら廉価に製品を販売している学院生がいるようです」

ロレアの手下の一人が言った。

「学院生？　誰よ。それは」

「テオ・ガルフィルドという生徒が首謀者のようです」

「テオ……」

「我々のあずかり知らぬ流通経路で商品を輸送しているようです。流通量からしてエレベーターを使っていると思われますが……」

「くそっ。レンリルとアルフルドの流通は我々が完全に抑えたと思っていたのに。まだエレベーターを敷設する余地があったなんて……」

「どうしましょう。これでは上への報告が……」

ロレアの商会はギルド『不安を売る者達《マルシェ・アンシエ》』の後ろ盾によりこの事業を独占的に請け負っていたが、毎月一定の金額をみかじめ料として納めなければならなかった。

「とにかくそのテオってやつを潰せばどうにかなるわけね。じゃああんた達そのテオってやつの素性を調べてきなさい。話はそれからよ」

ロレアはタバコに火をつけてイライラを鎮めようとする。

「すでにテオ・ガルフィルドの素性については調べております」

ずんぐりした男が前に進み出て報告する。彼はその大柄な体躯の割に仕事が早くて気の利く男だった。

「彼は平民階級で貧しい商家の出身のようです。学院一年目の生徒でして。最近、住居をレンリルからアルフルド六十七階二十八番街へ移しており……」

「バカヤロウ！　このトンマ！」

ロレアは突然癇癪《かんしゃく》を爆発させて手下の男に灰皿を投げつけた。

「そこまで分かってて何チンタラやってんのよ。さっさとそのテオってやつをブッ殺してこいよ。別に貴族でもないんでしょ」

手下の男は痛みで一瞬顔をしかめたがすぐにポーカーフェイスを取り戻す。

こんなことでいちいち心を乱しているようではここでの仕事は務まらない。ロレアの癇癪に付き合うのも彼の給料のうちだった。ただ主人がうるさくしたことについて後で隣の事務所に謝りに行かなくてはいけないな、と心の隅に留めておいた。

「落ち着いてください。テオは平民階級とはいえ学院生。魔導師協会によって一定の保護を受けています。迂闊に殺してしまえば、協会は犯人を捜索して、我々は検挙されてしまうでしょう」

「ああん？　だったらこのまま黙って見過ごすっての」

「まずはテオをここに呼び出してみてはいかがでしょう。そこで話し合いで手を打つことができればそれに越したことはありません」

「だったらさっさとテオをここに呼び出せよノロマ！　さあ行け。行ってしまえ」

ロレアが発破をかけると手下達は慌てて事務所を飛び出していく。

「ったくどいつもこいつもトロくって使えない。ああもう。なんでこうもうまくいかないのよ」

ロレアは苛立たしげに机をトントンと指で叩きながら本目のタバコに火をつける。

彼女の財政は逼迫《ひっぱく》しつつあった。

初めは順調にいくかに見えたこのビジネスモデルであったが、あまりにも苛烈な徴税に倒産・夜逃げする事業主が相次ぎ、滞納されていた税を取り立て損ねるという事例が相次いだ。

健在の商会でさえ何かと言い訳を並べては彼女への貢納を遅滞させていた。彼らは彼女の首が回らなくなり廃業することを期待しているようだった。しかし倒産されたり踏み倒されたりされても困るため、下手に取り立てるわけにもいかない。

このままではマルシェ・アンシエへのみかじめを払うことに差し支える。彼らは詐欺や恐喝、殺人によってロレアの仕事を補佐してくれたが、払えないとなれば今度はロレアに恫喝の矛先が向くであろう。

おまけに先日購入した八十階層の邸宅のローンが残っているし、魔導師協会からも滞納中の税金支払を催促されていた。

(何もかもイライラするわ。搾取するのも楽じゃないわね。情けない零細商会の奴らめ。このくらいの徴税で破産しやがって。大商会の奴らも散々おべっかを使っておきながらこの仕打ち。初めから狙っていたわね。おまけに物価も上がるし……これは私のせいだけど……まさかローンの額まで上がるなんて思わないじゃないか。上からの締め付けは年々厳しくなるのに収入はなかなか上がらない。おまけに今更新しいエレベーターが敷設されたですって？　いい加減にしろよ)

「チクショウ！」

ロレアはまた机を叩いた。

(搾取する側に回れば悠々自適、枕を高くして眠れると思っていたのに。不安の種はいつまでたっても消えやしない。一つ潰したと思ったらまた一つ、畑の雑草のようにむしってもむしっても生えてくる)

「まったく。人生で思い通りになることなんて何一つありはしない。たまにはすんなり進みなさいよ」

彼女は苛立たしげにタバコを灰皿に押し付けた。

21. 回り始める二人の事業

「ふぅ〜。やれやれ」

リンは事務処理が一段落して一息ついていた。軽く背伸びをする。

彼は今新しく借りた事務所の一室で働いていた。

壁に立てかけられた時計をちらりと見る。もう日付は変わろうとしている。テオは昼に出かけてからいまだに帰ってこない。交渉が長引いているようだ。

（テオは働き者だな）

この分だと今日の事務処理はリン一人でしなければいけない。リンは机の上に積み上げられた書類の山を見てため息をついた。

リンとテオの事業は急成長を遂げていた。

事業が魔導師協会によって正式に認可されてからは二の足を踏んでいた商会からの受注も一斉になだれ込んでくる。

おかげで二人は忙しさでてんてこ舞いになってしまった。

（魔導師協会に事業を登録してから急に処理する書類の量が多くなってしまった。テオに頼んで事務処理のバイトを雇ってもらわないと。さすがに二人でやるのは限界だよ。あるいは外注するか。

でもそうするとまた社員や外注先の管理が面倒なんだよなぁ）

リンは書類の山の中から一枚取り出す。

（こればっかりは僕が処理しないとね）

リンは売上と利益率に関する書類を手に取る。れっきとした企業秘密である。リンは改めて書類上の数字を見て以前見たのと桁が合っているかどうか確認してみた。桁があっているとわかってため息をつく。

書類には月の売上二千万レギカ、利益百万レギカとある。合理化を進めればさらに利益率は上がるはずだ。しかも売上は右肩上がり。

いずれにしても二人合わせて二十万レギカ稼ぐのにもアップアップしていた時代に比べれば隔世の感があった。

（いいのかなぁ。こんなにうまく行っちゃって。二人だけでこんなに稼いでるなんて知られたら顰《ひん》蹙《しゅく》買うだろうな。まあ元々の徴税額が暴利すぎたんだよね。よくこんなデタラメな商売がまかり通っていたもんだよ）

リンはテオと一緒に取引先を回ったり、商品の価格交渉をしているうちにすっかり市場の相場観が身についてしまっていた。以前はテオの考えを大それたことと思っていたが、今となってみるとどう考えても世界の方がおかしかった。

（みんな勉強とバイト、お茶会で忙しくてこの価格に疑問を持つ暇もなかったんだな）

リンはあくびをした。

（眠い。まだ学院のレポートも明日までにやらなきゃいけないのに。質量魔法と妖精魔法がまだ終わっていない）

リンは書類の山をぼんやり見ながら終わるまでの時間を簡単に計算してみた。とてもじゃないけれど今日中にすべて終わらせるのは無理だった。

（幾つかの書類は後回しですな。でもこれだけは明日までにやらないと）

リンは一枚の企画書を取り出す。そこには『十二月のキャンペーン』、『新商品の提案』と書かれている。

（ついにマーケティングまでやり始めたよテオは）

リンは半ば感心し、半ば呆れながら書類に目を通す。

先日、テオが取引先の店に提案してみたところ売上が伸びたため、またやってくれという話になったのだ。

「テオ君。君はどんだけ働いたら気が済むんだい」

リンは誰もいない事務所で独りごちた。

テオは今のうちにできるだけシェアを拡大してあわよくば市場の寡占化を進めてしまおうという魂胆のようだった。

（今日中に仕上げないと十二月のキャンペーンに間に合わないからね）

リンは気合を入れ直してペンを持ち直した。今日中に集めたデータをまとめて表にしなければならない。

（今日は徹夜ですな。はぁーあ。何やってんだろ僕。立派な魔導師になるためにこの塔に来たっていうのに。最近は品物を売り買いしてばかりだよ）

リンは連日の徹夜を思ってため息をついた。

「くぅ～。疲れるなあ」

（でも……）

リンは思い直す。

（ここで踏ん張って千万レギカ作りさえすれば、学院の課金授業を受けることができて僕のような底辺魔導師でも百階層で貴族達に対抗できるはずだ）

「よし。頑張るぞ」

リンが仕事を再開しようと意気込んだところ、ドアの開く音がした。

テオが帰ってきたようだ。

「ただいま～」

「あ、おかえり。遅かったね」

「ラッフルベリーの店長の話が長くてさ～」

「あ～あの人は話長いね」

テオは深紅のローブだけ脱いで備え付けのソファに寝転がってしまう。

「どう？　明日までに終わりそう？」

「マーケティングのやつだけやっとく。他は無理。ねえ、もう僕一人じゃ事務処理も限界だよ。このままじゃ過労死しちゃう」

「ん〜？　そんなのアルバイトを雇いなよ」

「あ、それ僕も思った」

「「わははは」」

二人は一緒になって笑った。二人とも深夜と疲労のため変なテンションになっていた。

「じゃあ、もうバイト雇っちゃうね。早く雇わないと。僕、学院のレポートもしないといけないのに」

「いや〜、むしろレポートをバイトにやらせなよ」

「あ〜、その発想はなかったわ」

また二人は一緒に笑った。しかしテオはその直後ソファのクッションに顔を埋める。

「ダメだ。もう起きてられん。先に寝ても大丈夫？」

テオはもう喋るのも辛いようだった。むにゃむにゃ喋っていて瞼も閉じかかっている。

「うん。いいよ。あとは僕がやるから。おやすみ」

「ありがと。おやすみ」

それだけ言うとテオは瞼を閉じてスヤスヤと寝息を立て始めた。

リンは再び書類に向かおうとしたが、ふとペンを握る手を止めて思いつく。

彼はベッドから毛布を持ってきてテオにかけてあげる。

リンはテオの肩まできちんと毛布がかかっているのを確認した後、再び机に向かい合った。

22. 訪れたアルバイト

相変わらずリンは事務処理に忙殺されていた。

（あーもう。仕事が追いつかないよ）

リンにはやることが山のようにあった。

エレベーターでの輸送作業はアルバイトを雇うことでどうにか賄うことができていたが、その管理はリンがしなければならなかった。

しかも他の人にビジネスモデルを真似されないように営業秘密を守りながら管理する必要がある。

リンとテオはエレベーターでの輸送作業を細かく分担することで営業秘密を巧みに守っていた。

レンリルでの商品を仕入れ、エレベーターに積み込んでアルフルドへの輸送、アルフルドでの受け取り、受け取った商品の小売店への出荷、これらの作業はそれぞれ別の人間によって行われた。

こうして各作業員にそうとは知られないまま、商品はレンリルからアルフルドに輸送されるのであった。

かくして他人に作業させながら営業秘密を守っているリンとテオだが、それらを管理するのは全てリンの役割である。

リンは彼らに対して、いついつまでにどれだけ品物を仕入れ、どれだけレンリルからアルフルドに輸送し、どれだけ各商店に品物を出荷するかを指示しなければならない。

それだけではない。従業員への給与の支払い、商店への請求書の発行、各種キャンペーンやマーケティングデータの処理、魔導師協会への届け出などなど、さらにエレベーターで何か問題が起こったとなれば現場に駆けつけて解決しなければならない。

テオは対外的な交渉に専念して、その甲斐あって売り上げは伸びる一方だったが、リンの負担は否応なしに増えていった。

（もう無理だよ。このままだとマジで過労死しちゃうよ）

リンは机に顔を横たえてぐったりする。

（せめて雑用とか事務処理の一部だけでもアルバイトにしてもらうことができればいいんだけど）

しかしなかなか魔法文字を読めて初級クラスの魔法を使える魔導師はリンとテオの会社に来てくれなかった。

他よりもかなり条件のいい求人を出しているにもかかわらず、人手不足なのか、あるいは胡散臭がられているのか、とにかく人が集まらなかった。

リンが黄昏ていると妖精が机の上に手紙を持ってくる。リンは机に顔を横たえただらしない姿勢のまま手紙に目を通す。

差出人には『ロレア徴税請負事務所』と書かれている。

（徴税請負事務所？　なんだそりゃ。魔導師協会には事業の届け出をして税金も払ってるんだけど。まだなんか取られんの？）

リンは手紙の内容を読んでみた。

手紙には、テオの商売への非難、自分達がいかに迷惑をこうむっているか、一度うちの事務所までやってくるように、といった内容が書かれていた。

(はいはい。またこの手の輩ね)

「妖精よ。この手紙を焼却してしまえ」

リンが呪文を唱えると妖精は手紙を燃やしてしまう。

(僕は忙しいんだよ。こんな意味不明なクレームに構ってるヒマなんてありません)

リンとテオの事業が回り始めてからこの手のライバル企業からの苦情はちょくちょく来ていた。始めはいちいち気にしていたが最近はもはや一顧だにしなくなっていた。

(そんなことよりも人手だよ。切実になんとかしないと)

しかしこのような状況にも光明がさしつつある。ようやく一人目の応募者が今日面接に来る予定だった。

(早く来てくれないかなあ新しいアルバイトの人。仕事できる人だといいんだけど)

そんなことを考えていると噂をすればなんとやら、ドアがノックされた後、黒髪の女性が入ってきた。

アルバイトの応募者が面接に来たのだ。

リンは急いで居住まいを正し椅子に座り直す。

「こんにちは。アルバイトの応募を見て来ました。以前も雑貨屋で事務職していたので事務には自信が……。って、えっ？　リン？」

「あれ？　シーラさん」

「あなたもここでバイトしてるの？」

「いえ、僕はこの会社の共同経営者です」

「えっ？　あんた経営者なの？」

シーラは目を丸くする。

「ええまあ」

リンは恥ずかしそうに頭をかいた。

「求人見たけど時給結構高かったわよ。大丈夫なの？　払えるの？」

シーラは疑うように会社の内装をキョロキョロ見回す。

「ええ、大丈夫ですよ」

「いや、確かに会社名見た時にちょっと首を傾げたけれど。まあでもそんなに珍しい名前でもないし。まさかあなた達の会社だったなんて。てことはテオもいるのよね。どうしようかしら」

リンは慌てた。一刻も早く人手を増やさないと自分の体が持たない。

ただでさえ人が来ないのにせっかく来てくれた彼女を逃せば次に人が来るのはいつになるかわかったものではない。

「お願いします、シーラさん。うちで働いてくれませんか。人手が足りなくて困っているんです」

シーラはなおも首を縦に振らなかったが、リンはしつこく懇願《こんがん》し続けた。

「シーラさんのような頼りになる人が一緒に働いてくれればとても心強いです。僕を助けると思って手を貸してください。お願いします」

シーラは苦笑しながら了承してくれた。

「仕方ないわね。あなたにそこまで言われたら断れないわ。ここで働いてあげる」

テオはシーラを雇うのに難色を示したが、リンが説得すると渋々雇うことに了承した。

次の日からリンはシーラと一緒に働くことになった。

彼女は事務処理を手際よくこなしてくれ、リンは過重労働から解放された。


うららかな午後の昼下がり、ロレアの手下はアルフルド二十八番街の一角にある事務所の前に立っていた。

看板には『テオとリンの会社』とある。

用事があるのはここで間違いない。

彼はドアをノックしながら声を張り上げた。

「テオ殿。テオ殿。いらっしゃいますか。私はロレア徴税請負事務所からの使いの者です。いらっしゃれば出てきてください。お話ししたいことがあります。テオ殿。テオ殿」

彼はしばらくドアをノックし続けたが、返事は返って来ない。どうやら留守のようだった。彼はため息をついた。

（全く。何度来ても留守。よほど忙しいのか）

仕方なく彼は扉で佇んでいる妖精に手紙を預けてその場を後にする。

できればテオが帰ってくるまで待っていたかったが、彼にも本来の徴税回収の業務がある。最近は納税を滞らせている業者も多く忙しくなるばかりだった。

（私にも魔法が使えればもっと効率良く仕事が回せるのだが……）

彼は魔導師によって連れてこられ、アルフルドに住まわされている人足《にんそく》、あるいは奴隷に過ぎない。

彼に移動の自由はなく、エレベーターでの移動すらままならない。

彼は定期的に運行している貨物用のエレベーターに乗せてもらうことで、どうにかアルフルド内を移動していた。

魔導師を雇うことができればこんな方法をとらなくても良いのだが、魔法文字の読める労働者はどこも不足しているし、魔導師として未熟なことにコンプレックスを持つロレアは自分より強力な魔導師が職場に来ることを恐れている。

ロレア本人が魔法を使って仕事をすればいいのだが、あいにく彼女は怠惰な上、仕事があまりできなかった。

だからこそ彼のような魔法の使えない人間が重用され、魔導師並みの待遇が得られるわけなのだが。

（テオという少年。まだ十代そこらじゃないか。未来ある若者の命を奪うのは忍びない。和解に応じてくれればいいのだが）

23. ロレアとの交渉

リンは久しぶりに学院に来ていた。

この日は会社が休みのため、最近の目の回る忙しさから解放されて、学院のゆったりした空気を満喫することができていた。

リンが学院の廊下を歩いていると、たむろしている二人の女生徒が好奇の視線を向けてくる。

リンは顔を赤らめてうつむくと聞こえなかったふりをして足早にその場を立ち去る。

人々のリンを見る目は変わりつつあった。

それも無理からぬことだ。

明らかに以前より上等な服を着ている。

杖も新調した。ユヴェンと同じステッキ型の杖、『トンニエの杖』を持ち歩いていた。

活動も謎めいていた。

学院の花形であるユヴェンと一緒に夜な夜な貴族のお茶会に出席したかと思うと、これまた平民階級で人気のあるテオと一緒に学院をサボってよく分からないことをしている。

クラスメイト達から見ればリンは夜遊びを覚えた学生のようだった。

リンが『冶金魔法』の教室に入ると一人の女子生徒が声をかけてくる。

「リン。おはよう。今日は学院に来ているんだね」

「あ、おはようリレット」

「リン。こっちにおいでよ。一緒に座りましょう」

「う、うん」

リンは遠慮がちに座った。

リレットはユヴェンを介して知り合った女の子だ。

彼女はユヴェンの派手なグループに属する女の子だが、その中ではおとなしくて控えめな方だった。

人見知りな彼女は、はじめリンに対して距離をとっていたが、リンが裕福になってからは次第になつくようになってきた。

彼女もリンが出世するにしたがって見る目を変えてきた女の子のうちの一人というわけだった。

この時期になるとすでに単位を取得して授業に出なくなっている生徒もいて、教室の人出はまばらだった。

冶金魔法はテオもユヴェンもすでに単位を取得済みなので自然とリンは彼女と一緒に授業を受けるようになる。

彼女はリンを見かけるといつも駆け寄ってきて親しげに話しかけてくる。彼女がこういう態度をとるのはリンに対してだけであった。

リンもどうやら彼女に好意を持たれていることに気づいていたし、初めのうちは嬉しかったが、最近はそこまで単純に捉えることができなくなっていた。

「今日は朝早くから学院に来ているんだね」

「うん。新しくうちの会社に入社した人が仕事を覚えたからね。ある程度任せられるようになったんだ」

「へー」

リレットは興味なさそうに言った。

「……」

二人の会話は途切れてしまう。

リレットはとてもいい子だったが、彼女と一緒にいるのはとても退屈だった。

彼女はリンが何を言っても「へー」とか「そうなんだ」しか言わなかった。

まだユヴェンの悪態や彼女の成功哲学に関する超理論を聞いていた方が退屈しのぎになった。

彼女と話していると無性にユヴェンの毒気が恋しくなってくることがあった。

けれどもリンがユヴェンと話していると彼女は沈んだ表情になる。

リレットはユヴェンにライバル意識があるようだった。

リンは考える。

なぜ彼女は自分に話してかけてくるのだろう。

彼女は果たしてリンに興味があるのか、それとも出世したリンに興味があるのか。

リンは思い悩まずにはいられないのであった。

『冶金魔法』の授業を終えたリンはテオと落ち合ってから帰路についた。

「ふあーあ。学院は退屈だな」

「何言ってんだよ。のんびりできていいじゃないか」

二人は学院の門まで歩きながら談笑して、うららかな午後の空気を満喫していたが、学院の外に出るといきなり大男が前に立ちふさがった。

「失礼。テオ殿ですね。そしてリン殿」

大男は神妙な顔で二人の前に立ちはだかる。

(この人……奴隷だ)

リンは男の姿を見て気づいた。

彼は魔導師のローブを身につけていなかった。

彼の格好は活動を終えた魔導師がゆったりした部屋着に着替えたようには見えないし、これからパーティーに行くようにも見えなかった。

目の前の男は決してみすぼらしい格好というわけではないが、どう見ても仕事中の服装であった。

仕事中に魔導師のローブを着ないのはここアルフルドでは特別に入場を許可された貴族か商会の経営者か、あるいは連れてこられた奴隷だけだった。

彼は貴族にも商会の経営者にも見えない。

リンは彼の身分に対して身構えている自分がいるのに気付き複雑な気分になった。

自分も一昔前には彼と同じ身分、同じ立場だったというのに。

「私はロレア徴税請負事務所の者です」

「徴税って……エレベーターのか！」

テオがハッとしたように身構える。

「主人の命によりお二人を迎えに上がりました。一緒に来ていただきたい」

「イヤだって言ったら？」

テオが大男を牽制するように睨みつける。

「なるべく事を丸く収めたいのです。来ていただけませんか？」

男は脅すのではなく懇願するように言った。リンは彼の態度からのっぴきならぬ事情を感じた。

なおも首を縦に振らないテオに対して男は手の甲に刻まれた紋章を見せる。

リンはそれを見てハッとした。

(これって……ギルドの紋章……)

彼の手の甲に刻まれている紋章は、リンが以前見たマグリルヘイムの紋章と同じ形式のもので、ギルドメンバーであることを示すものだった。

彼がしているギルドの紋章は男の顔を歪《ゆが》ませたようなマークだった。

紋章の顔は怯えているようにも引きつっているようにも見える。

さすがのテオも真剣な顔つきになる。

（ギルドは百階層以上のダンジョンを攻略するためのもの。ということは百階層以上の魔導師もこいつらの活動に関わってんのか）

「これはギルド『マルシェ・アンシエ』の紋章。いくら学院に入りたての魔導師といえどもギルドの存在くらいは知っておられるでしょう。そして学院魔導師と上階にいる魔導師では天と地ほどの実力差があることも」

男は袖口でギルドの紋章を隠す。あまり見られたくないものであるかのように。

「『マルシェ・アンシエ』は二百階層を主な活動拠点にするギルドです。事はお二方が考えている以上に深刻なのですよ。ついて来ていただけますな？」

男の言い方は有無を言わせぬ調子に変わっていた。


リンとテオは八十階層にあるロレアの事務所に連れて来られた。

二人は事務所内の応接間に通される。

応接間の内装には立派な調度品の数々が置かれていた。それらは高級だが少し趣味が悪いようにもリンには感じられた。

応接間の上座には一人の女性が座っていた。ソファに腰掛けたまま入ってきた二人をギロリと睨んでくる。

リンはその態度から彼女がこの事務所のボスであるロレアだとわかった。

眉間にしわを寄せていて神経質な性格であることが一目でわかる。

彼女は部下の男たちと同様手の甲に『マルシェ・アンシエ』の紋章を刻み込んでいる。

しかし彼女の格好のうちでリンを最も驚かせたのは彼女の着ているローブの色だった。彼女はリンやテオと同じ紅色のローブを着ていた。

（学院魔導師なのか……）

彼女は三十歳前後に見えた。にもかかわらず学院魔導師のローブを着ているということは、何年も留年や落第を繰り返しているということになる。もう卒業を諦めているのかもしれない。

ロレアもロレアでリンとテオを見て驚いていた。

（学院一年目と聞いていたが……本当にガキじゃないか）

リンとテオはロレアと机を挟み、向かい合って座った。

二人が座ると屈強な図体の男たちが威圧するように周りを取り囲む。

「手紙にも書いたと思うんだけれどね、あんたたち二人でやってる事業。あれやめてもらうから」

ロレアは開口一番そう言い放った。

「はあ。そりゃまたどうして」

テオは気の抜けた調子で聞いた。

「どうしてですって？　決まってるでしょう。塔にとって迷惑だからよ。魔導師にはね、この塔の発展に寄与する義務もあんのよ。あんたらのせいで魔導師協会の税収が減っている。塔の発展に差し支えることだわ。だからやめてもらわないと。公共の利益のためにもね」

「ロレアさん。何か勘違いしていませんか？　僕達は魔導師協会から正式な許可を得て事業を営んでいるんですよ」

ロレアは眉をピクリと動かす。テオの言葉が不満なようだった。

テオは構わず続ける。

「それに税収が減ったというだけで公共の利益に反していると断ずるのもいかがなものでしょう。確かに税収が減っているのは僕達のせいかもしれません。しかし経済全体から見ればむしろプラスになっているという考え方もできます。僕達の提供する安価な品物は市場から大変評価されていきます。特に僕達のサービスは中小零細の事業者の方々に好評でして……」

「公共の利益に反してないですって？　現に税収額は減っているわ。あんたらのせいでどれだけ塔と協会に迷惑がかかっていると思ってんのよ。あんたらに許可を出したのだってどうせ何もわかっていない下役人でしょ。そんな許可無効よ無効。さっさとおやめなさい」

（何でお前に無効にされなきゃならないんだよ）

テオはそう言いそうになるのを必死に抑えて下手に出続けた。

「無効だなんて。それは横暴ってものですよ。僕達は不当なやり方で事業を営んでいるわけではありません。協会が定める法律の下、正当な手続きと正式な認可を経て事業を営んでいます。それに税収額についての話も少々早計すぎるように思えます。僕達だって脱税しているわけではないんですよ。協会の税法に則《のっと》って定められた税金をきちんと収めています。なるほど、確かに一時的に税収額は下がるかもしれません。しかしそれも短期的な話です。全体の経済が上向けば社会全体の富は増え、たとえ高額な税率をかけなくとも将来的に税収額は増加し……」

「その一時的にっていうのが問題なのよ。覆水盆に返らずっていうでしょ。あんたの言ってることなんて全部机上の空論じゃない。一度失われた税収が元に戻る保証なんてどこにもないわ。あんたのせいで入り損ねた塔の利益が二度と戻らなくなったらどうすんのよ。責任取れんの?」

「しかし実際、僕達の事業は市場に受け入れられつつあります。商会の方々の売り上げと利益も順調に伸びていますし、……一時的に税収が下がっても長期的に見れば、いずれは僕達のエレベーターからも十分な税収が……」

「だーかーら、一時的にでも下がったら問題なんだっつーの」

ロレアが机を杖で叩いた。ガァンという音がなって部屋全体に響き渡る。

テオは彼女の態度に顔をしかめる。

(メンドクサイのに絡まれちまったな)

テオはこの手の道理が通じない相手が苦手だった。

結論の出ない議論も嫌いだった。

そもそも彼からすればロレアの言いがかりに応じるいわれはなかった。

テオはロレアのカラクリを見抜きつつあった。

(要するにこいつらは協会の使いっ走りだろ。そして協会の管理がずさんなのをいいことにちょっと分け前を多めにくすねて私腹を肥やしているというわけだ)

テオはロレアを睨みつける。

「なによその目は」

「いえ別に」

テオは急いで愛想よく笑う。

（さっきから塔とか協会の利益を言い訳にしてるけど……要は自分の取り分が減ったんだろ）

テオとしてはさっさと話を切り上げて帰りたいところだったが、彼女の背後には二百階層を根城にしているギルドが付いている。これから塔の上階を目指す手前、そのようなギルドとあからさまに敵対するのは賢明ではない。

（どうしたもんかな……）

テオはこの場をどう処理するか決めかねてロレアと出口の見えない話し合いを続けるしかなかった。

一応彼の中で解決策があるにはあるが、それは彼女から申し出るべきことであって、テオから言うわけにはいかなかった。

24. 市場原理

リンはテオとロレアのやり取りを聞きながら不可解な気持ちだった。二人は延々同じやり取りを繰り返しているが問題を解決するのはいとも簡単なように思われた。

（僕達の会社をロレアさんに買い取ってもらえばいいじゃないか）

『リンとテオの会社』は順調に大きくなっていたが、事業はそろそろ二人の手に負えない段階に至りつつあった。

そこで二人はこの事業の買い手を探していた。二人にも魔導師としての修行があるし、まだ事業にも成長の余地があるとはいえ、限界が見えつつあった。

もっとうまく事業を回せる人に委ねた方がいいと判断したのだ。

すでにいくつか話は上がっていた。

二人の事業に興味を持つ貴族が何人か現れていた。

あとは価格に折り合いをつけるだけだった。

(どうせだからロレアさんに買い取ってもらえればそれで済む話だと思うんだけどな。買い手を探す手間も省けるし)

それで全て解決する気がした。しかし両者共そのことについて口にしない。

(まあテオにはテオの考えがあるんだな。きっと)

リンはいつも通りテオの考えに黙って身を委ねることにした。

しばらくテオとロレアは堂々巡りの話し合いを続けていたが、だんだんテオの口数が少なくなってくる。

いい加減テオもうんざりしてきたのだ。しかしロレアはこれをテオが妥協に傾きつつある兆候と捉えた。

（そろそろ交渉も煮詰まってきたところね）

ロレアはそう判断した。

「まぁあんたたちもそれなりに頑張ったんだろうしね。引き下がるにしても、もちろんタダとは言わないわ」

ロレアがそう切り出す。

（やっと具体的な話に入れるのか）

テオはホッとした。

ロレアは札束を取り出してテーブルの上に放り投げた。

「学費払うのも大変でしょう。とっときなさい。百万レギカあるわ。これであんた達は引き下がるということで」

彼女はこれで交渉は終わったと決め込み、タバコに火をつけてふかし始める。

（んん？）

リンは机の上の百万レギカを見て首をひねった。

（少なくね？）

お小遣いに百万レギカもらえるとすれば狂喜乱舞するけれど、事業を畳む見返りとして百万レギカはちょっと少なすぎるようにリンには感じられた。

何せリンとテオは少なくとも月百万レギカは利益を出すことができるのだから。しかも現在進行形で収益は増加傾向なのだ。

（僕の金銭感覚が狂ってしまったのかな）

リンは最近生活水準の向上に従って金銭感覚が変わってきているのを自覚していた。だから今回もちょっと自分の感覚がおかしいのかもしれないと思った。

（テオはどう思ってるんだろう）

リンはテオの方を省みた。彼は冷笑を浮かべていた。

（あっ、ヤバイ）

リンの中で嫌な予感が駆け巡る。

リンは慌てて何か言おうとしたが遅かった。それよりも先にテオが烈火のごとく口火を切り始めた。

「ハッハッハッ。お前ら何にもわかってねーな、市場のことを。これだから役人思考のやつはさぁ」

ロレアとその手下達はあっけにとられたようにその様子を見守っている。

リンは落ち着きなくソワソワとしていた。

テオは構わず続ける。

「たった百万レギカとは。僕も低く見られたもんだなぁ。権力は人盲目にするけれど。殿様商売ここに極まれりだな。どんなバカがこんな意味不明な徴税をやってるのかと思っていたけれど。まさか本当にただのバカだったとは」

テオがせせら笑いながら言った。もはや猫をかぶるのをやめて相手を見下す態度を隠そうともしない。

ロレアはほおをヒクヒクと痙攣《けいれん》させる。

「何ですって？　よく聞こえなかったわ。今なんて言ったの？　あんた……自分が何を言ってるのかわかってるの？」

「何にもわかってないのはお前達の方だ」

テオが鋭い声で言い放った。

「あんた達は僕に負けたんじゃない。市場に負けたんだ。あんた達は市場の変化に対応できなかった。変化についていけなければ市場に見放されるのは当たり前だろ。あんたたちは市場で何が起こってるのかわかっていなさすぎだ。話にならないよ。あんた達に僕達の会社を売るわけにはいかないな」

テオはため息をついたあと席を立ち上がる。

「あーあ、とんだ骨折り損だったな。行くぞリン。これ以上は時間の無駄だ」

テオはさっさと出口の方に向かって歩いていく。

リンも慌ててテオの後ろについて行った。

「あんた達わかってるんでしょうね。私に逆らって。後悔するわよ。後になってからじゃ遅いんだから」

ロレアの声が後ろから飛んでくる。

テオは鼻で笑うだけだった。

「ハハッ。やってみろよババア」


テオとリンが帰った後、事務所でロレアは椅子を思いっきり蹴り飛ばした。

「なんなんだよ、あのクソガキはぁー」

ロレアは怒りに肩を強張らせて震え、呼吸は乱れに乱れ、肩で息をしている。先ほどから事務所内の備品を破壊しまくっているが、それでも怒りが収まらずフーフーと息を乱している。

「あのテオとかいうガキ。私のことバカにしやがった。絶対に許さないわ」

「どうも彼らは分かっていないようですな。我々に逆らうのがどういうことか。しかも平民の立場で貴族の後ろ盾もなしに」

「彼らはまだ学院一年目ですからね」

「しかし子供だと思って侮っていましたな。てっきり小遣い稼ぎ程度かと思っていたが、あの反応からすると予想以上に稼いでいるようですね。百万レギカを鼻で笑うとは……」

「どうします？　武力で無理矢理潰しますか？」

「当たり前だろうがぁ。さっさとあいつらぶっ殺しに行けよ」

ロレアが部下たちに向かって息巻く。手元にあった小道具を部下に向かって投げつける。部下達は彼女の癇癪を見て少しうんざりしつつも顔には出さないようにしていた。

しかし後で、うるさくして申し訳ない、と隣の事務所に謝りに行かなければいけない。

彼らは一様にそう思った。

「しかしあの二人はまだ学院生です。一応魔導師協会によって保護されている存在。消すにしても慎重に事を運ばないと」

「なぁに。魔獣ケルベロスを使えば一瞬で彼らを骨まで消し炭にできますよ」

「人気のないところに誘い込んでケルベロスに食わせる。証拠さえ残さなければ学院も我々を追求することはできません。彼ら二人が行方をくらましたところで我々を疑う者なんていませんよ。二人は夜逃げしたとされ、それで調査は打ち切りでしょう」

「フフフ。テオ。あんたは私が直々に八つ裂きにしてやるわ。その後で死体をケルベロスに食わせてやる」

ロレアは唇を歪ませ怪しい笑みを浮かべた。

25. リン、ロレアに接近する

「リン。今日は学院の後、お茶会よ。ちゃんと準備できてるんでしょうね」

「ちょっと待って。もう直ぐ作業終わるから」

リンは学院の廊下をユヴェンと一緒に歩きながら、手紙を書いていた。その様子を見てユヴェンは顔をしかめる。

「あんた一体なにやってんのそれ。授業中もその作業をコソコソやってるわよね」

「作業員に指示を送っているんだ。会社運営の一環だよ」

「そういえばなんか言ってたわね。密輸してるとかなんとか。まだそんな怪しげな商売やってるの？」

「商品を安く買えるよ。ユヴェンもなんか買う？」

「いらないわよそんなの。あんた達の取り扱ってる商品なんて信用ならない。私はラッフルベリー商会で買い物するって決めてるのよ。あそこなら老舗だから安心して買い物できるわ」

（そこ僕らが商品卸してる店なんだけど……）

リンは心の中で苦笑した。消費者なんて可愛いもんだなと思った。

「最近、キャンペーンとか新商品とかやたら多いのよ。チェックするのも大変だわ」

（ふむ。僕たちの提案しているキャンペーンや新商品の情報をまとめた雑誌のようなものを作れば便利かもしれない。何か新しい商売のきっかけを作れるかも）

リンは後でテオに相談してみようと思った。

「あんた今日は何の授業受けるの？」

「今日は冶金魔法だね」

「冶金魔法か。リレットも居るわね」

ユヴェンが苦々しげに言った。

「いい？　あんまりリレットと仲良くしちゃダメよ。あの娘は人の持っているモノをやたらと欲しがるのよ。本当にタチが悪いんだから」

なるほどリレットにはそういうところがあるかもしれない。しかしリンにはそれは世の中の大概の人が持っている傾向のようにも思えた。


「ったく。面倒くさいわね。ただでさえ立て込んでいるっていうのに」

ロレアがいつものようにイライラした様子で書類に必要事項を記入する。

「もう学院生なんて形式上の立場だろうに。ったく融通が利かない」

ロレアは学院に顔を出していた。彼女はすでに卒業を諦めていて授業にも出なくなっていたが、一応学院魔導師にあたるため、諸々の手続きをするのに学院まで出向かなければならなかった。

この後も魔導師協会に行かなければならない。

「ったく。面倒くさい」

ロレアがブツブツ言いながら学院の出口に来るとこれから授業を受けに登校して来た学院生の一団とすれ違う。

自分と違って未来のある子供達。彼女は苦々しげに彼らを一瞥《いちべつ》して行き先へと急ごうとした。

「あ、ロレアさん。こんにちは」

ロレアは自分に声をかけた人物を見てギョッとした。

「あんたは……確かテオのとこの」

「リンと申します。いやぁ、先日はウチのテオが失礼しました」

リンはそう言いながらロレアの脇に寄り添い彼女に歩調を合わせて歩き出す。

ロレアは気味悪そうにリンを見た。

先日、交渉は破談になったはず。一体何の用事で自分に話しかけてくるのか。

「これから協会に行くところですよね。良ければ一緒に歩きませんか」

「どうして私があんたなんかと一緒に歩かなければいけないのよ」

「僕はロレアさんのことを尊敬しているんです。以前から常々ロレアさんとお話ししたいと思っていまして。あなたに僕と歩く義理なんてないのは重々承知しているんですが、どうか付き合ってくださいませんか」

リンはロレアと並走しながら彼女の横顔を盗み見た。

彼女は尖った唇につり上がった目、骨ばった頬でしかめっ面をしているため、人々に近寄りがたい印象を与えているが、表情がふと素に戻った時、彼女本来の美しさが出てくるのであった。

特にその流れるような赤髪は燃えるように鮮やかで、すれ違う際にチラリと横目で見ずにはいられないものだった。

彼女は帽子を目深にかぶっているため、その赤髪は目立たなくなってしまっているが、リンはもっとよく見えるようにすればいいのに、と思わずにはいられなかった。

そういうわけでリンはロレアとお近づきになりたかった。

(テオだとロレアさんと破談になってしまったけれど、僕なら穏便に事を運べるかもしれない)

最近のリンは、自分が身だしなみさえ整えれば、婦人受けのいい外見をしているのに気付きつつあり、調子に乗っていた。

ロレアはしばらくリンのことを不気味がって邪険にしていたが、リンの丁寧で謙虚な態度にだんだん警戒を緩めていった。

「テオは口は悪いけれど本当はいい奴なんですよ。ただちょっと短気で意固地なところもありますが……。本当は彼もロレアさんと和解したがっているんです。あの席でも当初はロレアさんの軍門に下るつもりだったんです。ただ引っ込みがつかなくなっちゃってあんな事を言っちゃっただけで」

なおも頑なな態度をとり続けるロレアに対してリンはさらに話し続けた。

「テオもロレアさんを敬わなきゃいけないということは分かっているんですよ。ロレアさんは僕達より先にアルフルドの街でお商売をしている先輩ですからね。あなたがアルフルドの商売をとりしきる誰もが敬意を払うべき支配者だということは僕達もよく分かっています」

リンはロレアの一連の言動や振る舞いから、彼女が自分のことを権力や影響力がある人物とみなされたがっているのを見抜いていた。

案の定、リンの『支配者』という言葉に彼女は琴線が触れたようでぴくりと反応する。

「支配者なんて大げさよ。私は協会の雇われ者に過ぎないわ」

「それでも僕達からすれば憧れの存在です。僕達もロレアさんのような存在に近づけるよう日々努力しているんですが、なかなか上手くいかなくって」

リンの絶え間ない敬愛の言葉にロレアもついつい微笑してしまう。

「あなたはちゃんと年上に対して敬意を払える子のようね。あの礼儀知らずなテオとかいう奴と違って」

リンは顔を赤らめて照れる。その仕草にもロレアは好感を持った。

「テオは決して悪い奴じゃないんです。誤解されやすいだけで」

友人の事を何とか擁護《ようご》しようとするリンからはいじらしさすら感じさせる。

（この子もテオに振り回されて大変なのね）

ロレアはリンのことが可哀想になってきた。

「まあいいわ。テオが頭を下げると言うなら先日の無礼は許してあげる。あんたの謙虚さに免じてね。そうテオに言っときなさい」

「ありがとうございます。ロレアさんの寛大な処置に感謝します」

「あなたはなかなか見所があるわね。どう？　あなただけでも私の事務所に来ない？　社員として雇ってあげてもいいわよ」

ロレアは試みにリンを引き抜こうとしてみた。彼をテオから引き離すことができれば今後の暗殺計画も有利に進めることができるかもしれない。

「ありがとうございます。ただ折角のお申し出なんですが……、僕はテオと離れることなんてできません。テオは僕がいなくても平気かもしれませんが……、僕はテオがいないとダメなんです」

リンはしょんぼりしながら言った。

（なんていじらしい生き物なの）

流石のロレアもリンの友人を思う健気さといじらしさに心打たれた。不覚にもこんな可愛い生き物に慕われているテオがうらやましいとさえ思った。

彼女は本来情感豊かな人間だった。

学院から各階層へのエレベーターに分かれるターミナルに来たところで二つの高い声が聞こえてくる。

「おい、リン。何してんの。早くお茶会に行かないと」

「リン、あなたまたユヴェンと一緒にどこかに行くの？」

ロレアが声の方を向くと二人の少女がこちらにやってくるのが見える。

ユヴェンとリレットだった。

どうやらリンに用事があるらしい。

「ユヴェン。リレット。ちょっと待ってて。今、ロレアさんと仕事のお話し中なんだ」

リンがそう言うと二人の少女は不承不承としながらも、リンの言う通り大人しく引き下がる。

「リン、あなたは女の子にモテるのね」

ロレアがそう言うと、リンはまた俯いて顔を赤らめる。

「そんなことありません。いいように使われているだけですよ」

リンはそう言うものの、ロレアには彼女らの気持ちがわかるような気がした。

彼はまるで高価で珍しい宝石のように、手元に置いておきたくなる、そんな少年だった。

リンとロレアは談笑しながら歩いていたが、やがて魔導師協会までたどり着いた。

「ではロレアさん。ここでお別れですね」

「ええ、そうみたいね」

ロレアはリンとこのまま別れるのを名残惜しく感じた。

「今日は一緒に歩いてくださりありがとうございます。ロレアさん。もしよければなんですが、今度またお食事でもしながらゆっくりお話ししませんか」

ロレアは少し考え込んだ。これから殺そうとしている相手とそこまで仲良くするのはいかがなものだろうか。

「僕達は決して争い合う必要なんてないと思うんです。きっとお互いに納得できるいい方法が見つかるはず。また心が決まったら事務所に連絡してください。待っています」


ロレアが自分の事務所に帰ると部下達がせっせと襲撃計画を立てていた。

彼女が入ってくると進捗状況について報告する。

「ロレア様。ケルベロスは数日中にも上から届くとのことです」

「テオとリンの予定も分かりました。彼らは二人共今週末、八十階層で大手商会の者と商談を行うようです。帰り道を襲えば造作もなく消すことができるでしょう」

「思ったより早くカタがつきそうですな」

部下達はいつになくリラックスした雰囲気だった。

問題がスムーズに片付きそうなため、主人の機嫌を損ねる心配が無いと思ったからだ。

そのためロレアが次に放った言葉は彼らを驚かせた。

「ああ、そのことなんだけれどね。襲撃の日時はもう少し先に延期しましょう」

「えっ？　なんですって？」

「だから延期よ。延期。ケルベロスの輸送はそのまま進めて襲撃はもう少し様子を見てからにしましょう」

「では一体いつにするんです」

「それは後で決めるわ」

部下達は突然のロレアの変節ぶりにただただ困惑するばかりだった。

「あと襲撃対象だけれどもね。テオ一人に変更できないかしら。別にリンまで巻き込む必要はないと思うの。テオだけ消せば済む話だわ」

26．テオ、スパイを放つ

テオは難しい顔をしながら学院を歩いていた。

（参ったな。どうしよう）

彼は、先ほど取引先の商会の人間からロレアの対応について忠告を受けてきたところだった。

「気をつけてください。彼女は自分の要求を飲まない相手に対し、力に任せて襲撃してくるでしょう」

「暴力を振るうってことか？　でも学院の魔導師に対して魔法で攻撃するのは禁止されているはずじゃ……」

「ええ、その通りです。ですが、どうも彼女には学院の監視の目をくぐり抜けて邪魔者を排除する手段があるようです」

「どういうことだ？」

彼は話してくれた。

以前にもテオと同じように徴税を避けて商品を売買していた人間はいた。

しかしある程度規模が大きくなったところでロレアに呼び出される。

その後、ロレアからの脅しに屈し大人しく事業を畳む者もいれば、ロレアに反抗しあくまで事業を続ける者もいた。

しかし続けた者達はみんな例外なく行方知らずになってしまった。

「彼女がどのような魔法を使うのか、詳しいことは分かりません。しかし今回も同じ手を使ってくるのは間違いないでしょう。くれぐれもお気をつけください」

（なるほどそういう手段があるのか）

テオは焦った。商売に関する競争なら負ける気はしないけれど魔法での戦闘に関しては向こうの方に一日の長がある。

（相手の方が強いからどうにか先手を打ちたいところだけれど、下手に仕掛けても返り討ちにされるのがオチだ。……となれば相手が仕掛けてきたところを逆襲する方が得策か）

しかしそれも簡単なことではない。いつどのように来るかわからない襲撃に備え対応するのは至難の技だ。

（せめて相手が襲撃してくる日さえ分かれば……。スパイを放つか）

テオが難しい顔をして腕を組みながら歩いているとそこにリンが現れた。

「おーい、テオ」

「リンか。……ってどうしたんだいその格好」

テオがリンの服装を怪訝そうに見つめる。

リンはパリッとした燕尾《えんび》服にシルクハットとステッキ、口にはパイプ、肩にはレインを乗せ、口元にはなぜかちょび髭《ひげ》をつけていた。

一見、正装のようでいながら仮装パーティーに出るような道化じみた格好だった。

「知らないの？　これは今貴族の間で流行っているスタイルだよ。これから女性と食事に行くところでね」

「ああ、そう」

（なんかこいつ急にチャラくなったな）

ユヴェンをイリーウィアのお茶会に連れて行って以来、彼女はお返しとばかりにリンを自分の出席しているお茶会に連れて行くようになっていた。

リンがやたら上等な服を着たり、流行を追いかけたりするようになったのは彼女からの要請でもある。

とはいえ、最近はそれも度が過ぎているようにテオには思われた。

（ユヴェンの悪影響受けすぎだよ……）

テオは急に変わった友人を複雑な心境で見つめた。

「まあいいけどさ。それで？　今日は誰とデートするんだい。ユヴェンか？　それとも最近君に懐いてるリレットとかいう女の子？」

「ロレアさんだよ」

「そうか。ロレアとデートするのか。……はっ？」

「先日、学院でたまたまロレアさんに会って少しだけ話したんだ。今度お食事でもしましょうって。和解を進めてるんだけどどいいよね」

テオはしばらくあんぐりした後、すぐに愉快そうに笑った。

「アハハハハハ。そう、そうだよリン。それこそ僕の望んでいたことだ。流石はリン」

きょとんとしているリンに対してテオは続けた。

「いいかい、リン？　ロレアさんにうちの会社の情報を彼女の望む限り全部教えてあげるんだ。僕たちが彼女に逆らう意思はないってことを示すためにね」

「なるほど。それはいい方法だね」

「ところでリン、例のイリーウィアさんだっけ、彼女にちょっと相談したいことがあるんだけれど。取り次いでくれることってできるかな」

ロレアはリンとの待ち合わせ場所に来たものの落ち着きなく足踏みをしていた。

あの後、数日と待たないうちにリンから食事に招待する手紙が届いた。

「お返事を待つと言っていたのに急かしてしまい申し訳ありません。どうしても早くロレアさんとお話ししなければいけない気がして」

手紙にはそう書かれていた。

その後には店の名前と日時とが記載されている。

ロレアの行ったことのない店だった。

彼女は好奇心に抗いきれず、誘いにオーケーしたもののいざ来てみると不安が頭をもたげ始めた。

(本当にここに来てよかったのかしら。敵と仲良く食事に行くなんて)

リンが自分を陥れようとしているとも限らない。

彼女は早くも後悔の念に駆られていた。

そこにリンが陽気な感じでやってくる。

「やあやあ。ロレアさん。ご機嫌麗《うるわ》しゅう」

「ええ、おはよう」

リンが声をかけても彼女は目を合わせることすらしない。

彼女は周りの目を気にしてきょろきょろと神経質そうに見回した。

その後もリンは色々当たり障りのない話題を振ってみたが彼女は一向にリラックスしてくれない。

リンはすぐに自分と一緒に歩いていて、周りにどう見られているのか気にしているのだと気付いた。

「ロレアさん。店まで馬車に乗って行きませんか？」

馬車の中なら周りの目を遮ることができる。

リンがそう言うとロレアはすぐにパッと顔を明るくさせた。

「ええ、そうね。それがいいと思うわ」

「では一番高い馬車に乗りましょう」

リンは広場で一番高級な馬車に向かって駆けて行き、ロレアの目の前まで馬車を引っ張って来させた。

ロレアはリンのこの計らいに感激した。

リンは馬車の中でもロレアを喜ばせ続けた。

「ロレアさん。僕は思うんです。僕達がロレアさんの傘下に入りさえすれば全て上手くいくのではないかと」

ロレアは顔を輝かせる。

「あなたもそう思う？　実は私もそう思っていたのよ」

「ええ、あなたほど支配の上手な人を僕は見たことがありませんからね」

「嬉しいことを言ってくれるわね」

「いえいえ。決してお世辞や大げさな表現ではありませんよ。これだけの徴税をかけられるのはあなただけです。魔導師協会の財政が潤っているのはあなたのおかげと言っても過言ではないでしょう」

ロレアはついついほおを緩ませてしまう。

「ロレアさんがアルフルドの流通を支配すれば全ては上手くいくでしょう。そのためにもこの和解、是非とも成立させなければいけません」

「ええ、そうね。その通りだわ」

彼女は馬車にいる間中、始終ご機嫌だった。

（不安だったけれどこの分なら大丈夫そうね。リンの恭順ぶりは本物だわ）

しかしいざ店の前に来てみるとロレアは不審そうな顔をした。

「ちょっと。この店ウィンガルド貴族専用って書いてあるわよ。大丈夫なの？」

「大丈夫ですよ。僕はウィンガルドの王室茶会にも顔を出しているので」

リンは自分の家の庭にでも入るかのように店に入って行った。

「やあマスター。こんにちは」

リンは気さくに店番をしている男に声をかける。

「ああ、リンさん。いらっしゃいませ」

（またこいつか）

店の主人は表面上にこやかに振る舞ったが、内心ウィンガルド人ではないリンが店に入ることを苦々しく思っていた。

（ワシより身分が低いくせに。この成り上り者め）

とはいえ彼もリンがイリーウィアのお気に入りであるのを知っていたため、無碍に扱うわけにもいかなかった。

「マスター。席は空いていますか？」

「もちろんでございますとも。どうぞどうぞ。リン様が来たとあれば、たとえ満席でも席を空けないわけにはいきません。お連れの方と一緒にいつまでもごゆっくりお過ごしください」

「では。入りましょう。ロレアさん」

「えっ、ええ。そうね」

（この子……一体何者なの？）

ロレアは不気味半分、興味半分でリンのことを不思議そうに見つめるのであった。


リンはテオに言われた通り、自分達の会社の内情について包み隠さずロレアに打ち明けた。

ロレアはリンの話を聞いて顔を強張らせる。

（こいつら……そんなに稼いでいたのか）

どうりで徴税額が減るはずだと納得する一方、再びテオに対して危機感を募らせる。

リンはロレアの表情の変化を見逃さずにすかさず彼女を安心させる言葉を入れた。

「大丈夫ですよ。僕もテオもロレアさんの軍門に下ることは決めています。こうして会社の内情を包み隠さず晒しているのが何よりの証拠。条件さえ折り合えばすべてうまくいきます。それで僕達はあなたの支配下に収まり、あなたのために働く手駒となるでしょう。そうすればアルフルド中の富があなたの元に流れ込むはずです」

「そう……そうよね」

ロレアはリンの言葉を聞いて落ち着きを取り戻す。

そしてリンとテオを自分の手駒としてコキ使う未来を想像して早くもほくそ笑む。この二人を働かせればどれだけの富を手に入れることができるだろう。

「それで？　あなたは一体いくらで事業を私に譲り渡そうというの？」

「二億レギカでいかがでしょうか」

「にっ、二億？」

ロレアは思わず言葉を詰まらせた。

（そんなお金用意できるはずないじゃない）

彼女はどうにか弱みを見せないように平静を装った。

「ちょっとした大金ね。もちろん用意できないこともないけれど。おいそれと簡単に出せるような金額でもないわ」

「そうですね。では筆頭株主になっていただくというのはどうでしょう。僕達はもう直ぐ会社を株式化する予定です。株式の五％を千万円で買っていただけませんか？」

ロレアの頭の中は真っ白になった。彼女はこういった計算が大の苦手だった。

「えっ、えーと。うん。まあそうね。その条件でいいような悪いような……」

「おや？　料理が来たようです」

リンが扉の方を見るとウィンガルドの宮廷料理が運ばれてくる。

「ロレアさん。すみませんが、今のお話は持ち帰って検討してくださいませんか？　どうも僕は料理を食べている時は難しいことを話すのが苦手でしてね」

「えっ？　そ、そう？　まああなたがそう言うならしょうがないわね。この話はまた今度ということにしましょう。仕方ないからあなたに合わせてあげるわ」

ロレアはそう言いつつも内心話の腰が折れて、そして年下の男の前で面目を保てて、ホッとするのであった。

「さあ。冷めないうちに召し上がってください。ウィンガルドの山海珍味、贅《ぜい》と美を尽くした料理の数々ですよ」

リンはウィンガルドの料理について蘊蓄《うんちく》を語り出した。まるで自分がウィンガルド人であるかのように。

その日はとにかくロレアがテオと和解すること、そして『テオとリンの会社』を買収することを確認するだけで終わった。

そして二人は明日も食事に出かけることを約束してその日は別れた。

27．苦悩と幸福

ロレアは上機嫌でリンとの会食に出かける準備をしていた。

鏡の前に立っては何度も自分の姿を確認して微笑んでみせる。

（出かけるのに服を選ぶのなんて何年ぶりかしら）

あれからリンとロレアは何度も一緒に出かけていた。

彼女にとっては遊びに来た親戚の子供と出かけるような気分だった。

それでわざわざ服を着飾っていくというのも奇妙な話だが、それでも彼は高級なお店に連れて行ってくれるし、向こうも高い服を着てくるのだからこちらとしてもきちんとした服を着て行きたい。

商人とのあくなき駆け引きに日々神経を尖らせる彼女にとって、リンは一服の清涼剤にも似た存在になりつつあった。

おめかしを終えると彼女は意気揚々と事務所を後にしようとする。

しかし扉に手をかけようとしたところで部下に話しかけられて水を差される。

「ロレア様。お手紙です」

ロレアは部下に対して不快な顔を向けた。彼女の部下達はいつも暗い知らせしか持って来ない。いつしか彼女は部下に話しかけられるだけでなんとなく気分が悪くなるようになっていた。

「なあに？　どうでもいい連絡なら後にしなさいよ」

「マルシェ・アンシエ上層部からの手紙です」

彼女はサッと顔を青ざめる。

「バカヤロウ。なんで早く言わないの。さっさと渡しなさいよ」

彼女は部下をなじった後、乱暴に手紙をひったくって文面に目を通す。

手紙には、最近貢納額が減っていることへの苦言、速やかに対策を打つようにという催促、そしてこのままでは現在の地位を保証しかねるという警告が書かれていた。

ロレアは読んだ後、手紙を握りつぶし、浮かれ顔から一転いつもの神経質な顔に戻る。

（ヤバイわ。このままだと本当に失脚してしまう）

彼女は焦燥を募らせると同時に思い出した。自分がこの事務所の所長はおろか学院魔導師としての地位も危うい存在であることを。

ロレアは魔導師としての資質はあったが、残念ながら学問のほうはからっきしだった。

彼女が学院に入学できたのはひとえにマルシェ・アンシエの計らいのおかげだった。

彼らはレンリルで腐っていた彼女に裏口入学を斡旋し、徴税事業の社長の地位まで用意してくれた。

それだけに彼らに切られるということは全てを失うことを意味した。

（とにかくテオの会社をなんとかしないと。そのためにも！　まずはリンにこちらの要求を呑み込ませなければ……）

あの後、何度もリンと交渉を重ねているが、折り合いがつく目処は一向に立たない。

その一方でテオの会社は今もなおロレアの市場を荒らし続けている。

彼女は浮かれた気持ちを引き締めて事務所を後にした。

（いつまでもチンタラやっている場合じゃないわ。脅しでもすかしでもなんでも使ってさっさと向こうに妥協させなければ。これ以上バカみたいな金額を吹っかけてきたり、渋るような態度をとったりするようなら消してしまう他ない）

ところが、実際にリンと再会するとロレアの決意はあっさりと揺らいでしまう。

彼女が待ち合わせ場所に行くと彼はいつも通り可愛らしい燕尾服を着て目をキラキラさせながら駆け寄ってきた。

彼女は思わずそのきつく結んだ唇を緩めて相好を崩してしまう。

リンの自分を見つめる瞳はどこまでも無垢だった。

敵を欺こうとする浅はかな魂胆も支配者に取り入ろうとする卑しさも感じられない。

彼は心の底からロレアのことを敬愛しているようだった。

この街で彼女に対してこのような眼差しを向けるのはリンくらいのものであった。

彼女は彼のこの笑顔を曇らせたくなかった。そしてこの時間、リンと一緒に居られるこの時間ができるだけ長く続いて欲しいと思ってしまった。

「こんにちはロレアさん。今日は一段とお綺麗ですね」

リンはありきたりなお世辞を言った。

しかしロレアはまんざらでもなさそうだった。

「ありがとう。あなたもなかなか素敵よ」

「ありがとうございます。では行きましょう。あなたにふさわしいお店を選んでおきましたよ。きっとお気に召すはずです。交渉も速やかに進むでしょう」

「あらそう。じゃあ、その立派なお店とやらに連れて行ってもらおうかしら」

（彼を脅すのは後回しにしよう。そんなことはいつでもできる。それよりも今、彼と過ごしているこの時間の方がはるかにかけがえのないものだわ）

小一時間ほどかけて会食した二人だが、会社買収についての話はいつものごとく何も進まなかった。

一方で買収後に待っている輝かしい未来についての話はどんどん膨らんでいった。

リンとロレアは同じビジョンを共有した。アルフルドを支配するビジョンを。

リンは料理を食べながらロレアに自分の展望を語った。

「ロレアさん。僕は思うんです。僕らとロレアさんが組めばアルフルドを支配することだって可能ではないかと」

「そうかしら？」

「そうですとも。もうこれまでで僕にたくさんのコネクションがあることは理解していただけたはず。アルフルドは財力と身分がすべての町です。ロレアさんの財力と僕のコネクションが結びつけば必ずやこの街に確固たる支配体制を築けるでしょう」

「ええ、そうね。その通りだわ」

「取引がうまくいった暁には九十階、高級住宅街の中央に街で一番の大邸宅を建てましょう。誰がこの街の支配者であるのかみんなにはっきり示すのです。アルフルドの高級住宅街にどこよりも壮麗な屋敷を建てればみんな知るでしょう。あなたがこの街の支配者だということを。そうすればみんなあなたの足元にひざまづくはずです。誰もがあなたの前に道を譲り、何をするにも許可を求め、お伺いをたて、贈り物をするようになるでしょう。屋敷には大きな門を構え、幾つもの馬車を配置し、内装は趣味のいい家具、高価な調度品、お洒落な什器備品で囲みます。小綺麗で気が利く召使を雇い、可愛いペット、珍しい魔獣を飼いいれます。金銀財宝を蓄える大きな倉庫も忘れてはいけません。アルフルド中の富を集めてその倉庫に保管しましょう。その倉庫の中に入ることができるのはあなたとあなたが特別に許可を与えた者だけです」

（ああ、なんて気分がいいの）

ロレアはリン描く未来図に酔いしれた。リンの話を聞いているだけで頭がクラクラしてくる。

「あとは何がいるっけな……。ああ、そうだ。大事なことを忘れていました。大きな屋敷になくてはならないもの。それは屋敷内の一切を取り仕切り、主人が鈴を鳴らせばすぐに飛んでくる働き者で思慮深い執事です。豊かな白い髭を生やし、黒いベストの似合う、背格好のがっしりとした年配の紳士が良いでしょう。ロレアさんの屋敷にふさわしい者を僕が探して連れてきますよ」

「そんな年寄り必要ないわ。あなたが執事になればいいじゃない」

「いえいえ。屋敷の体裁を整えるためには内部にもこだわらなければ。きちんとした執事を配置しなければいけません。そのためにはやはり白ヒゲのおじいさんです。ちゃんと白髪でなければダメです」

リンは妙なところにこだわった。

「そんな人間よりもあなたにそばにいて欲しいわ」

「それはできません」

「どうしてよ」

「僕は塔の頂上を目指しているのです。僕の野心はアルフルドの支配にとどまりません。ここアルフルドの支配を基盤により高位の魔導師を目指すのです」

「何を馬鹿な。塔の頂上なんて目指してもろくなことないわ。ずっとアルフルドにいればいいじゃない」

「いいえ。目指さなければなりません」

「どうしてよ」

リンは困ったような笑みを浮かべた。

「詳しい理由はお話しできません。しかし僕には目指さなければならない理由があるのです。ロレアさん。どうか僕の夢を応援してくださいませんか」

ロレアは複雑な気分になった。

「おや、もうこんな時間ですね。僕は約束があるので行かなければ」

「あなたと一緒にいられなくて残念だわ」

「またすぐに会えますよ。明日はまた別の店にお連れしますよ」

「明日もどこかに行くの？」

「はい。いい店ですよ」

「あなたはいろんな店を知っているのね」

「いえ、そんなことは……。友達に詳しい人がいるのです」

リンは俯いて顔を赤くする。

これだけ雄弁に人を褒めるのに自分が褒められると急にしおらしくなってしまう。

ロレアはリンのことがますます愛おしくなってしまった。

「仕方ないわね。本当は打ち合わせがあるのだけれどあなたからの頼みなら断れないわ。また明日会いましょう」

ロレアはもはや当初の目的を忘れていた。ただリンに会うためだけにリンに会っていた。

リンはロレアに途方もない未来図を見せる一方で、彼女に尊敬の念を示すことも忘れなかった。

「ロレアさんは本当に支配するのがお上手ですね。どうすればそんなにも上手く人心を支配できるのですか」

「うふふ。それはね。恐怖を与えることよ。……そろそろあなたにもあれを見せてもいい時期かしらね」

ロレアは少し思案した後、リンの方に向き直って言った。

「今日は帰りに私の事務所に寄ってみない？　いいものを見せてあげるわ」

「本当ですか？　ではお言葉に甘えて」

リンはロレアの事務所内の地下に通された。地下には鉄柵の檻がいくつもあった。

いずれも魔法で厳重に鍵をかけられ、布が被せられている。

リンはロレアに引き連れられて檻の合間を縫うようにして部屋の奥まで進んでいった。

リンは地下に入ってから急に蒸し暑くなってきているのを感じた。

（なんだろう。おかしいな。普通地下にもぐれば涼しいはずなのに）

リンは不思議に思いながらもロレアの後について行く。

突然、リンの肩の上に乗っていたレインが胸元に潜り込む。

（ん？　レイン？　どうしたんだ？）

リンは服の中でレインが震えているのを感じた。

何らかの危険を感じているようだった。

リンは首を傾げたが、そのままロレアについていくことにした。

（ロレアさんが僕に危害を加えるわけないし。大丈夫だよね）

リンは地下部屋の最も奥、そして数ある檻の中でも最も大きいものの前まで連れてこられた。

檻には中が見えないように布がかけられている。

そこはこの地下部屋の中でも最も気温の高い場所だった。

「さあ。ごらんなさい。私の自慢の魔獣、ケルベロスよ」

ロレアは杖を振ってかけられた布を取り払う。

リンは檻の中にいるモノを見て息を呑んだ。

そこには三つの頭と炎のたてがみを持った犬型の魔獣がいた。

その体長はライオンなんかよりもはるかに大きい。

ケルベロスは三つある首を仲良く丸めて床に横たえ、全身を覆うオレンジ色をした炎のたてがみを絶え間なくチロチロと踊らせている。

三つあるケルベロスの頭の一つが、リンの方にその身体とは不釣合いに小さな窪んだ瞳を向ける。

彼は自分の目の前にいるのが見知らぬ子供であることに気付くと牙をむき出しにしてグルルとう

なり、横たえていた体を起こす。他の二つの頭もリンの方に目を向ける。

突然、ケルベロスは咆哮を上げたかと思うと、リンに向かってその大きな口を開けて飛び掛かかってきた。

「ヒッ」

ケルベロスの試みは彼を縛《しば》る鎖と檻の鉄柵によって阻《はば》まれるが、一杯まで開かれた大きな口はリンの眼前まで迫ってきた。

「怖いでしょう？　神話にある伝説の生き物を魔法の力で作り出したのよ。私に逆らう奴はね。みんなこいつを使って黙らせてきたの」

ロレアはリンの瞳をじっと見つめた。

そこにある恐怖を確認するかのように。

「あなたも私を裏切ればこの子のエサになるわ。そんなことにはならないようくれぐれも注意してね」

「も、もちろんです」

リンは青ざめながら何度も首を縦に振るのであった。

28. 正義の鉄槌《てっつい》

イリーウィアはアルフルドにある別荘の庭でくつろいでいた。

庭には湖が張られ、その周りには森が生い茂っている。

湖の水は妖精たちにせっせと運び込ませたもので、森の木々は外から持ってきた土に苗を植え魔法の力で育てられたものだ。

湖にも森にも彼女が研究対象にしている魔獣が放し飼いにされている。

大量の魔導師を動員できる財力がなければ作れない庭だった。

彼女の別荘はアルフルドの中でも最も日当たりのいい場所に位置している。

この庭にいる者は燦々《さんさん》と降り注ぐ太陽石の光を浴び、湖の静かなせせらぎを聞きながら、森の優しい緑色で目を休めることができる。

イリーウィアは庭に設置されたテーブルと椅子に腰掛けながら、森や湖の中から時折姿を表す魔獣達を見て暇をつぶしていた。

彼女がくつろいでいると待っていた人物がやってくるのが見えた。

リンとテオだ。

イリーウィアが立ち上がる。

「まあ、リン。よく来てくださいました」

「この度は別荘へお招きいただきありがとうございます。イリーウィア様」

リンが恭《うやうや》しく一礼する。

「嬉しいですよ、リン。あなたの方から連絡をいただくことができて」

イリーウィアはいつにも増して嬉しそうにニコニコしている。

（そういえばこっちから連絡するのは初めてだったな）

リンはいつもイリーウィアに会うときは彼女の方から誘われていたことに気付いた。

「そちらにいる方ですか？　私に紹介したいと手紙で言っていたのは」

イリーウィアはテオの方を見て言った。

「はい。紹介します。学院の同期生で会社の共同経営者でもあるテオです。実は彼が折り入ってイリーウィア様にご相談したいことがあるそうで……」

「テオ・ガルフィルドです。イリーウィア様。この度は突然の申し出にもかかわらず、対応していただきありがたく存じます」

テオもリンにならってお辞儀する。

「堅苦しいご挨拶は結構。外の身分を意識する必要はありません。ここは魔導師の塔。ウィンガルド王国ではありません。私とあなたは同じ学院魔導師であり、対等です。ここにはデューク以外にウィンガルド人もいないので遠慮も無用。どうかあなたもそのように接してください」

イリーウィアが誰にも振りまく分け隔てないのない親しみのこもった態度を見せた。

「そういうわけにはいきません。今日、折り入ってお話ししたいのは、個人としてのイリーウィア様ではなく、ウィンガルド王族としてのイリーウィア様だからです」

「ふむ。そうですか」

イリーウィアの顔に一瞬寂しさと憂いが現れたかと思うと、少しの間目を瞑り、それまでの柔らかで親しみのこもった表情が消える。代わりに彼女の表情に冷たさと威厳がまとわりつく。

リンは彼女の雰囲気の変化にギクリとした。

「では聞きましょう。魔導師テオよ。跪いて話をしなさい」

「はっ」

テオは片手片足を地面について跪きこうべを垂れた。

リンは二人のやり取りに面食らう。

今や別荘の庭はイリーウィアの威厳を前に水を打ったように静まり返っている。

小鳥はさえずるのをやめ、森や湖に潜む魔獣たちでさえ死んだように活動を止めて気配を消していた。

リンは自分もテオに倣うべきかどうかわからず狼狽する。

ふとデュークの方を見ると彼は手でリンを制していた。

君はやる必要はない、と言っているようだった。

テオがこうべを垂れたまま話し始める。

「今日は折り入って聞いていただきたいことがあって参りました。お尋ねします。イリーウィア様やウィンガルド王室が懇意にしている大手商会の面々がアルフルドで取引しているロレアという人物をご存知ですか?」

「ロレア？　いえ、知りませんね。その方がどうかされたのですか？」

「実は彼女の事業に問題がありまして……」

テオはいかにロレアの課している徴税が法外であるか、それによりアルフルドの街の商人たちがいかに困窮しているか、さらには財力に乏しい魔導師の学業を阻害しているかを訴えた。また自分達の取引がいかに正当なものか。

「アルフルドの商人は皆、彼女の圧政と乱暴狼藉に苦しんでおります。彼女は自由な商行為の敵。大手の商会であればロレアの徴税にも耐えられることができるでしょう。しかし中小零細の商会はロレアの徴税に喘ぎ苦しんでいます。しかもこれらの搾取は由緒ある権威ではなく暴力と脅迫によって成り立っているのです。彼女の行為はまさしく悪辣外道にして残虐非道。このように歪な現状、見過ごしておけば世界から尊敬を集める魔導師の塔の信頼を損ねるでしょう。すでに彼女の支配は市場原理を歪め貧困と富の偏在、そして経済の停滞を招いています。しかもそれらは全て彼女の自分本位な欲望を満たすためだけに行われているのです。僕達は決して自分達の私利私欲のためにこのようなことを言っているわけではありません。僕たちはこの不公平な状態をどうにかしたいだけなんです。この不条理な課税は当然、輸出にも影響を与えているはずです。課税をなくすことができればウィンガルド王国はもちろん世界のあらゆる国に輸出されている魔道具が適切な価格で取引されるでしょう」

イリーウィアはテオの話を聞いている間、何度も深く頷いて相槌を打っていた。

「なるほど。テオさん。あなたの言うことはよくわかりました。そのような者と王室御用達の商人達が関係しているとなれば、それはウィンガルド王室の沽券にもかかわる問題。見過ごせません。私の方から大手の商会に圧力をかけておきましょう」

「ありがとうございます。アルフルドの商人一同、イリーウィア様の慈悲と公平さに感謝を抱き、このご恩を忘れることはないでしょう」

その後二人は詳細について話し合い、来週の初めに大手商会に圧力をかけるということで合意した。

リンはテオとイリーウィアのやりとりを聞きながら首を傾げていた。

(あれ？　ロレアさんと和解するんじゃなかったのか)

リンは疑問に思ったが、テオにはテオの考えがあるんだろうと思ってその場は特に何も言わないでおいた。

「さて」

イリーウィアが手を胸の前でパンと叩いて合わせる。

次に彼女の顔を見たときにはいつもの和やかで親しみのこもった表情に戻っていた。

「難しい話はこれでおしまいですね。お茶を淹《い》れましょう」

張り詰めた空気はすっかり無くなりリンは力が抜けるのを感じた。

「さあ、そのように立ったままでいては疲れるでしょう。二人ともお座りになって」

彼女がそう言うとデュークが杖を振る。

風切り音とともに椅子が二つ分どこからともなく現れてテーブルの周りに追加される。

頃合いを見計らったかのように給仕の者がポットとお菓子を持ってくる。

イリーウィアの別荘からの帰り道、リンはたまらずテオに質問してみた。

「ねぇテオ」

「んー、何？」

「ロレアさんとの和解を進めてもいいんだよね」

「うん。そうだよ」

（うん？　なんか言ってることとやってることが逆なような……）

リンは疑問に思ったがあえて何も言わないでおいた。

（まあテオは頭がいいからね。きっと何か落とし所があるんだろうな。とにかく僕は和解を進めるだけだ）


イリーウィアはいつも通り自室で一人になった後、精霊を呼び出した。

「シルフ。あのテオという子の本音を教えて」

シルフは言われた通りイリーウィアに耳打ちする。

「ふむふむ。やはり公の立場を装って私を利用し、自分の敵を排除しようという目論見ですか。なかなかしたたかな子ですね。まあ今回は王室にとっても見過ごせない問題ですし。利用されてあげることにしましょう。リンのために動く口実にもなりますしね」

「大手商会の皆さんへ
皆さんの仕入れ先や卸売りが税金を支払っているロレア徴税事務所なる組織がいかに暴利を貪っ

ているかご存知でしょうか。

私はこのいびつな状態を看過しておくことはできません。

今後、ウィンガルド王室はロレア徴税事務所の管理するエレベーターを利用して仕入れている商会との取引を一切停止します。


イリーウィア・リム・ウィンガルド」


（ふぅ。こんなところですかね）

イリーウィアが執務室で手紙を書き終えて一息ついた。

（それにしてもあのテオという子が言ってくるまで全然気づかなかったわ。こんなあからさまな中間搾取が横行していたなんて。とはいえそれも仕方のないことか。王侯貴族はレンリルまで降りることなんて滅多にないし。身分差と塔の構造を巧妙に利用した手口というわけね）

彼女がしばし手を休めて考え込んでいるとデュークが部屋に入ってきた。

「お呼びですか。イリーウィア様」

「デューク。この手紙をウィンガルド王室と取引のある全ての大手商会に届けてください」

「大手商会？　商人どもと謁見する時期はまだ大分先のはずでは？」

「いえ、今回は別件です。ロレア徴税事務所の件で少し……」

「ああ、例の裏口入学の女ですか」

「えっ？　裏口入学？」

「我々協会の人間の間では公然の事実ですよ。彼女が裏口入学で学院に入っていること。しかも学業にはついていけないし、卒業もできないので仕方なく毎年留年して学院にとどまり、協会と癒着して私腹を肥やしている。我々にとっても喉にかかった骨のような存在なんですよ」

「ふむ。そういう事情もあったんですね」

（ではついでにそのことについても学院長に圧力をかけておきましょう）

「学院長殿へ

学院に在籍するロレアという女性をご存知ですか。

彼女は裏口入学によって学院に入学しただけでなく、卒業する気もなくアルフルドで悪徳商売をするためだけに留年を繰り返しています。

学院長はこのような生徒が在籍していることについてどうお考えなのでしょうか。

学院に多額の寄付をしているウィンガルド王室としては、このことについて他の生徒への悪影響、風紀の乱れ、アルフルドの治安悪化、学院の権威失墜などの懸念を感じずにはいられません。

学院長殿には即刻彼女へのしかるべき対処をしていただくよう期待しています。


イリーウィア・リム・ウィンガルド」

（これでよしと。指示はあまり具体的にしない方が相手は勝手に色々やってくれるものです）

イリーウィアは手紙を何度も読み返した後、手紙を出そうとしてふと手を止めた。

（テオは来週までにと言っていましたがもう少し早めにしておきましょう。早くするに越したことはありません）

「デューク。この手紙を今日中に届くように手配してください」

イリーウィアは一仕事終えて満足気に紅茶をすすった。

（これでよし。リンもきっと喜んでくれるはずですね）

29. 外されたヒゲ

リンはロレアに呼び出されて彼女の事務所に向かっていた。

「リンへ
改めて二人きりで話したいことがあるの。
事務所まで来てください。

美味しいお茶とお菓子を用意して待っています。

ロレア」


（なんだろう。こんな風に呼び出すなんて）

手紙の曖昧で遠回しな表現からリンは変な期待を抱いてしまう。

（なにはともあれ紳士なら女性からのお誘いを断っちゃダメだよね）

今日も彼は自分に最も似合うと信じて疑わない燕尾服にシルクハット、そしてちょび髭をつけてアルフルドの繁華街に出掛けた。

リンが事務所の前まで来るとロレアが入り口で待っていた。

彼女はいつになく明るい笑顔を振りまいてくる。

「リン、待ってたわ。さ、ここまで歩いて来て疲れたでしょう。早く中に入って」

リンも思わず顔をほころばせた。

「はい」

しかしいざ事務所の応接間に入ってソファに座ると、待っていたのはお茶とお菓子ではなく、彼女の部下である強面のおっさん達による包囲である。

（あ、あれ？　二人きりなはずじゃ……）

リンが戸惑いながら彼女の方を見ると、彼女の顔からは先ほどの朗らかな様子はすっかり消え失せていた。

「ねぇリン。どういうことなのこれ」

ロレアが数枚の書類を見せてきた。

大手商会からの取引停止届けの数々。

そして学院からの通知だった。

「ロレア殿へ

貴殿は何年にも渡り留年を繰り返している。

学業への熱意が衰えていることは疑いない。

また風紀を乱す様々な活動についても見過ごし難い。

よってここに当学院は貴殿を退学処分に処する。


学院長」


リンは頭の中が真っ白になった。

「どういうことなのよ、リン。あんたなんか知ってるんでしょ？　なんとか言いなさいよ」

「いや、そんなこと言われても。僕には大手商会や学院長の意向なんて分からないですし……」

「大手商会の奴らはみんな今後テオを通して取引するらしいわ。学院長に異議申し立てをしながら探りを入れたらどうもイリーウィアが一枚噛んでるみたいなの。イリーウィアっていうとあなたのことを可愛がってる王族よね。知らないとは言わせないわよ。あんたイリーウィアとのコネを散々自慢にしていたんだから」

(あ、あれ？　イリーウィアさんが動くのは来週のはずじゃ。それにテオは和解を進めていいって。というか、えっ？　学院長？　イリーウィアさんには大手商会に圧力をかけることしか頼んでいないはずなのに。まさか学院長にまで手紙を送ったのか)

「これじゃあ私、アルフルドの支配者どころか街に立ち入れなくなっちゃうじゃない。あんたまさか私にレンリルの工場で働けって言うの？」

「えーっと、テオの方からロレアさんに何か言ったりとかしていませんでしたか？」

「テオと連絡を取り合うのはあなたの仕事でしょう？」

「あ、そうか。そうですよね」

(これは……、もしかして僕は大変な思い違いをしていたんじゃ……)

ここにきてようやくリンは自分で考え始めた。

頭の中で急いで状況を整理する。

(ふむ。つまりこういうことじゃないだろうか。テオはそもそもロレアさんと和解するつもりなんてなかった。僕に和解を進めていいと言っていたのは彼女を油断させるための時間稼ぎにすぎない。では今の僕の立場はどうなるんだろうか)

リンは自分がロレアからどのように見えるのか想像力を巡らせてみた。

テオから見ればロレアに対する包囲網を完成させるまでこちらに敵意がないと彼女に思い込ませ、時間稼ぎをするための駒。

一方でロレアから見れば和解するつもりもないのに、和解するという偽情報を流し、彼女の陣営を撹乱した人間ということになる。

つまり……

（つまり、僕はスパイということになりますね）

そしてどうやら任務は達成されたようだ。

（かくなる上は逃げるのみ。なんだけど……）

ロレアの誘いに乗って捕まってしまった。

（テオも人が悪いな。それならそうと最初から説明してくれればいいのに。これじゃ僕の立場がないじゃないか。イリーウィアさんもイリーウィアさんだよ。何もこんなエグい真似しなくても。見かけによらず残忍なことするなぁ）

「ねえリン。どういうことなの。話が違うじゃない。あなたは私の味方なのよね。テオとイリーウィアに翻意するよう取り計らってくれるのよね。あなたは私を見捨てたりは、まさか私を裏切ったりはしないわよね。どうなのよ。ねぇ、リン！」

「ふーむ」

リンは両手の指を絡ませて弄び、それを見つめ、考え込んでいるような仕草をした。

ロレア達は固唾《かたず》を飲んでその様子を見守る。

室内にしばらくの間、気まずい沈黙が流れた。静まり返った部屋の中に置き時計のコチコチという音だけが鳴り響く。

「あっ、そうだ」

突然、リンが何か思いついたように立ち上がって声を発した。

ロレア達は身構える。

「僕は今日これからお茶会があるんだった。いやぁいけない、いけない。危うく忘れるところだった」

リンは付け髭をぺりぺりと剥がすとテーブルの上に置いた。

「そういうわけなんで。すみませんが僕はこの辺でそろそろお暇しますね」

「はっ？　ちょっ、待てよ」

ロレアは立ち去ろうとするリンの腕を掴んで押しとどめようとする。

「放してください！」

リンが冷たく言い放って振り返る。

ロレアはリンの責めるような瞳を見てハッとした。

いたいけな少年を傷つけてしまったような、何かやってはいけないことをしてしまったような気分になってついついひるんでしまう。

「僕はロレアさんと和解したいと心から思っていました。でも前にも言った通りテオと離れることはできないんです。察してください。では」

リンはロレアの手の力が一瞬緩んだ隙に振り払ってそそくさと立ち去ってしまった。

室内は再び気まずい沈黙に包まれる。

聞こえるのは廊下に響くリンの足音だけだった。

それもやがて聞こえなくなる。

「ふっ、ふふ」

彼女は自嘲気味な笑いを漏らしたかと思うと、杖を振り上げた。

「ふざけんなあぁぁぁ」

杖はテーブルの上にあるヒゲに向かって振り降ろされる。

テーブルはけたたましい音を立てて真っ二つに割れた。

ヒゲは木っ端微塵に吹き飛び、跡形もなく消えた。

「何なんだよあいつはぁぁー。ただのクズじゃねーかぁぁぁー」

彼女は地下室に降りていき部下達の制止を振り切ってケルベロスを解き放つ呪文を唱え始めた。

「テオはもういい。リンをブッ殺せ。あの二枚舌野郎をブッ殺すのよ」

檻から放たれたケルベロスは勢いよく階段を駆け上がり事務所の扉を吹き飛ばして外に飛び出していく。

「可哀想な奴だと思って同情してやったのに裏切りやがって。あいつは私の気持ちを無下にしたんだ。絶対に許さないわ」

30. 逃走劇

リンはロレアの事務所を退室するや否や顔を真っ青にして駆け出した。

(ヤバイ。どうしよう)

彼は紳士らしからぬ余裕のない足取りで、服装が乱れるのも構わずにバタバタと廊下を走り抜ける。

(エライ事やってしまった)

まさかこんなことになるとは思っていなかった。リンとしては決して悪意はなかった。

しかし事ここに及んではそんな言い訳通用しない。

(とにかくテオに会わないと)

リンが建物の出口にたどり着いた頃、地獄の底から響いてくるような獣の咆哮が廊下を渡って鳴り響いてきた。

以前ロレアに見せてもらったケルベロスの鳴き声に違いなかった。

リンは急いで扉を開け街中に飛び出した。

行き交う人々にぶつかるのも構わず大慌てで駆けて行く。

「テオ！　おいテオっ！」

リンは馬車に乗っているテオを見かけて走りながら声をかけた。

馬車は大商会が軒を連ねる商店街に向かって街道を悠々と進んでいた。

「ん？　リンか。御者さーん。ちょっとスピード緩めてー。おーい、リン。どうしたんだーい。そんなに血相変えて」

テオは御者に指示を出して、リンの走る速さに合わせて並走させる。

「酷いよテオ。これまでも君は冷たかったりドライだったりしたけれど今度ばかり、今度ばかりは君のことを心底見損なった。最低だよ。この人で無し！」

「どうしたんだい。そんな急に怒り出して」

「どうしたもこうしたもないよ。君は、君は僕が知らず知らずのうちスパイになるよう仕向けただろ」

「あれ？　知っててやってたんじゃないのかい？」

「なんだって⁉」

「君も言ってたじゃないか。和解を進めてるって。それを聞いて僕はすぐに君の真意を理解したよ。和解すると見せかけて偽装工作し、時間を稼ぐつもりなんだなって。僕は君の機知と犠牲の精神に感心したよ。状況を打開するために、自分からスパイ役を申し出るなんて、流石気が利くなぁと……」

（なぜそんな解釈にっ）

「って嘘つけー。そんな突飛な解釈ユヴェンでもしねーよ。お前絶対全部分かっててやっただろ！」

「ハハハ。ゴメンゴメン。でもさーよく言うじゃん。敵を騙すにはまず味方からってさー」

　テオは悪びれることもなく、むしろ得意げな笑みすら浮かべて言った。

（ぐっ、こいつ鬼かっ）

「それよりもそろそろロレアからの襲撃に備えよう。彼女は派手な暮らしぶりに反して家計は火の車だ。来週になれば大手商会にも取引停止されて首が回らなくなってにっちもさっちもいかなくなるはず。あのババアが激昂して僕たちに襲いかかる前に一旦アルフルドから逃げるんだ。もう潜伏先は決めてて……」

「遅いよぉぉぉ。時すでに遅しだよぉ。僕は今さっきロレアさんからお茶に誘われたかと思いきや、取引停止及び学院退校処分の書状を突きつけられて、ヤバイと気づき飛び出したものの、今まさに彼女の放った魔獣に追いかけられているところだよバカヤロー」

「なんだって⁉」

　さすがのテオも顔を青ざめた。

　テオは馬車の上から手を伸ばしてリンの手を掴み馬車の上に引きずり上げる。

「乗れ。リン」

「バカな。イリーウィアさんとの約束ではロレアを嵌めるのは来週のはずだろ。まだ彼女に大手商会からの手紙は届いてないはず。それに学院長って……なんで？」

「あの人はほんわかした雰囲気の割に意外と仕事が早いというか……なんていうか敏腕なんだ。今回も気を利かせて少し予定を早めたのかも」

「くそっ。なんてお姫様だよ。計算外だ。これじゃ予定が……」

「グオオオオオオ」

テオが悪態を吐くや否や地獄の底から響くようなケルベロスの唸り声が背後から聞こえてきた。

テオは急いで御者の方に向き直る。

「御者さん。行き先変更。エレベーターのターミナルへ。早く。急いで。全速力で！　チンタラ走ってたら魔獣に食われるぞ」


アルフルドの一角を一両の馬車が異様なスピードで駆け抜けていく。

「どけっ。チンタラ歩いてんじゃねーよ。道を開けろ。死にてーのか！」

馬車に乗ったヤンチャそうな少年が声を張り上げて道行く人々に罵声を浴びせながら、無理矢理道を開けさせる。

「うわっ、あぶねっ」

「ちょっと。何なのよ」

馬車にぶつかりそうになったり、巻き上がった砂埃にさらされた人々が悪態を吐く。

行き交う人々は馬車に乗る二人の少年を見て眉をしかめた。

なんだあれは。あんなスピードで街中を走らせて。非常識な奴らだな、とでも言いたげだった。

そしてその後、後方に目をやると今度は顔を真っ青にする。

三つの頭を持った巨大な猛犬が炎のたてがみをたなびかせて地響きを立てながらこちらに向かっ

て突進してくるではないか！

ケルベロスは路地に並べられた商品を吹き飛ばし通行中の人々を蹴飛ばしながら街道を疾駆する。

たてがみの炎は触れたもの全てに燃え移り、辺り構わず被害を拡大させてゆく。

ケルベロスの通った後は、そこにあった花や青果類、店の看板、瓦礫が見るも無残な焼け野原と化し、巻き添えを食らった人々が転がりうずくまっていた。

「うわあああああ」

「きゃあああああ」

人々はケルベロスを見るや否や慌ててその場から退避したり、建物の中に入り込み扉を固く閉ざしたりした。

テオはケルベロスを見て青ざめる。

「大型の魔獣……しかも燃えてるじゃねーか。あんなのを街に放つなんて。何考えてんだ、あのヤクザ女は！」

「テオ。このままじゃまずいよ。追いつかれる」

ケルベロスはその巨体にもかかわらず俊敏で馬車を背負いながら走る馬よりもスピードが速かった。

徐々に距離を詰めてきて、もうすでに馬車の上にいても炎のたてがみから発する熱気を感じ取ることができるほどだった。

「おい。もっと速く走らせられないのか」

「これが精一杯ですよ！」

それを聞くやテオは荷台を地面に放り投げ、馬車の余計な部品を杖で破壊し始める。

「ちょっ、お客さん？」

「後で弁償するから。今はとにかく命あっての物種だ。リンこれを使え」

テオは指輪をリンに向かって放り投げる。

リンは馬車の後ろ側に乗り付け指輪に精神を集中させる。

（思い出せ。キメラを倒したあの時の感覚を。頼むっ）

リンの指輪から光の剣が放たれケルベロスの頭の一つに直撃する。

しかしケルベロスは光の剣を受けて倒れるどころか怯みすらせず、むしろたてがみの炎は勢いを増してスピードも速くなった。

「うっ、うそっ」

「光の剣が通じない。あの魔獣、光の剣から魔力を吸収できるのか」

テオは馬の手綱さえ切ってしまう。馬車から解き放たれて馬は明後日の方向へと走って行った。

「ちょっ、お客さぁん」

「だから後で弁償するって。リン。しっかり捕まってろよ。車輪よ！　杖の力を受けて回れ。回転しろ。もっと速く！」

テオが呪文を込めながら杖で馬車の車輪を叩くと今まで以上の速さで回転し始める。

リンは慌てて馬車の内側に入り込み側面にしがみついた。

馬車の車輪は火の粉を上げながらけたたましい音を立てて、飛ぶように街を走り抜ける。

馬車とケルベロスの追いかけっこはアルフルドを流れる川に架かった橋の上まで達した。

テオはギリギリまで荷物を減らし馬車の部品を破壊して骨抜きしたが、それでもケルベロスを振り切ることができなかった。

一方でケルベロスの方はというと周りのものを燃やして吸収し、より一層炎の勢いと俊敏さを増していた。

「テオ。もう捨てられるものがない。このままじゃ追いつかれるよ」

「すまんがあんたも降りてくれ」

橋の上を渡る途中、テオは御者を突き飛ばして川の中に落とした。

ドボンと鈍い音を放って御者は川の中に沈んでしまう。

さらにテオは自らの指に嵌めた指輪を光らせ、川面に魔法陣を描く。

「妖精よ。川の水を運び、上昇させ水滴にし、拡散させろ！」

(今の僕の妖精魔法では大量の水を操ることはできない。けれども霧状にして湿度を上げることくらいなら)

テオの呪文に反応して妖精たちが川の水を運び、橋の上に霧を発生させる。

しかしそれもケルベロスの上げる炎によって一瞬で蒸発し、吹き飛ばされてしまう。

「くそっ、ダメか」

馬車は至る所を傷ませながら石畳の橋の上を駆け抜けていく。そのすぐ後をケルベロスが猛追した。リンは橋を渡っている間中、馬車の床部分が亀裂を発してメキメキと言わせたり、車輪がギシギシと音を軋《きし》ませているのを聞きながら生きた心地がしなかった。

馬車の中でうずくまっていると背後から御者の上げるヤジが聞こえてくる。

「この人を人とも思わぬ魔導師どもがー。服代も弁償しろよバカヤロォー」

31. 塔に正邪善悪の境目なし

ユヴェンは学院の中庭に面した渡り廊下を歩いていた。

学院の中庭には春のポカポカした陽光が降り注いでおり日向ぼっこに最適だった。

有害ではない魔獣が放し飼いにされ、飼い主である魔導師と思い思いにくつろいでいる。

こんなうららかな日にもかかわらずユヴェンは先ほどから胸騒ぎを覚えていた。

「何かしら。街の方で騒ぎ声がする。何かあったのかしら」

ユヴェンがピリピリした表情で歩いていると、廊下の向こう側から見知った人物が歩いてきた。

「イリーウィア様」

「あら、あなたはユヴェンさん」

イリーウィアはいつも通りデュークを引き連れて歩いている。

いつもと違うのは学院魔導師用の深紅のローブを着ていることだった。

ユヴェンは彼女のローブ姿を初めて見たため、少し新鮮な印象を受けた。

「珍しいですね。学院に来られるなんて」

「ちょっと学院長に用事があって。以前、手紙でしておいた脅し……じゃなくてお願いがきちんと聞き届けられているかどうか直接会って確かめようと。もしきちんと伝わっていないようでしたら、もっと分かりやすく念押ししなければいけません。まあ大丈夫だとは思うんですが……。念には念をと思いまして」

「は、はあ」

ユヴェンはそこはかとなく危うげな事情を感じ取って深く追求するのを控えた。

「それにしても今日は良い天気ですね。おや？　なんでしょう。街の方からなにか物々しい騒ぎ声が聞こえますね」

「ええ、そうなんですよ。さっきから散発的に悲鳴のようなものが街の方から聞こえてきて。確かあっちは最近リンやテオが学院帰りによく行く場所なんです。あいつらまた何か騒ぎを起こしてるのかしら」

「まあ。リンがこの騒ぎを起こしているのですか？」

イリーウィアがリンの名前を聞いて顔を輝かせる。

「ええ、リン達だと思いますわ。なにせ彼らは正真正銘の憎まれっ子。陰険性悪と真面目系クズのコンビで世間の恨みつらみを買いまくり、その一方で憎まれっ子世に憚るの格言通り、ちゃっかり出世するものだから周囲の妬み嫉みはますます高まるばかり。行く先々でトラブルの種を撒いては、衝突を繰り返し問題を起こす。私も彼らに何度煮え湯を飲まされたことか。そいうわけでこの乱痴気騒ぎも彼らの仕業に違いありませんわ」

「では確かめに行ってみましょう。学院長への用事もリンに直接成果を確かめれば事足りる話です。ユヴェンさん。あなたも一緒に来ますか？」

「えっ？　は、はい」

ユヴェンが戸惑いながらも返事するとイリーウィアの指輪が光り、その光線で地面に魔獣を召喚する魔法陣が描かれた。

突然、どこからともなく旋風が巻き起こる。

静かだった中庭に轟音を立てて強風が吹きすさび風塵が立ち込めた。

中庭にいた人々や魔獣は驚いて散り散りに逃げ惑った。

ようやく旋風がやんだかと思うと二人の姿は忽然と消えていた。

代わりに街の方へ旋風が飛んでいく。

取り残されたデュークは慌てて旋風が向かっているであろう街の方へと急行した。


リンとテオを乗せた馬車だった何かは橋を越えた後も相変わらずケルベロスに追われていた。

もはや馬車は馬車の体をなしておらずあらゆるところが破壊され、傷み剥がれている。

床も壁もいたるところに亀裂が走り車輪は先ほどからキイキイと軋む嫌な音を立てており、いつバラバラになってもおかしくなかった。

街をハイスピードで疾駆しているもののケルベロスは目と鼻の先まで迫っており、三つある頭のうち中央の頭が鼻先を馬車の最後尾にこすりつけんばかりの距離まで迫っていた。

馬車の最後尾はケルベロスの熱気で焦げ付き始めており、リンのいる場所まで灼熱の熱気が伝わっていて、リンは車体の揺れも相まって頭がクラクラし気絶しそうであった。

おまけにすぐ目の前に突き当たりが差し迫っていた。

このままのスピードで進めば壁に激突し、行くも地獄止まるも地獄の一丁目だった。

「リン、もう直ぐだ。準備はいいか？」

テオが必死で車輪を杖で叩きながらリンに声をかける。

「え〜？　何〜？」

リンはろれつの回らない様子で聞き返す。

「しっかりしろ。さっき言ってたカーブまでもう少しなんだよ。合図したら呪文を唱えるんだ。いいね。打ち合わせ通りやるんだよ」

「う〜ん。わかった〜」

「しっかりしろって」

テオはリンの頬を引っ叩いた。

リンの表情に生気が戻り、正気を取り戻す。

いよいよケルベロスの牙が馬車の後部に噛みつこうとした時、リンとテオが一緒に呪文を唱え始める。

「行くぞ。『トンニエの杖』よ。車体全身に重みを伝えて地面に吸い付け」

「杖よ！　左側の車輪に重心を移せ。陥没するほどに」

二人が呪文を唱えると馬車の重心が左に寄って車体が傾き始め、T字路に入っていく。

ものすごい力が車全体にかかり危うくひっくりかえりそうなところ、一人が車体の方向を変え、一人がひっくり返らないよう地面に押し付けて、馬車の車体は不自然に歪みながらも急カーブを描いていく。

結局、綺麗に曲がることはできず、壁に突っ込むことは避けられたものの、右側の車体は建物の壁にガリガリと擦り付けられる。

しかしどうにかこの直角の急カーブを曲がり切って激突を避ける。

車体は左右上下に尋常ではない負荷がかけられて、真っ二つに砕け、引き裂かれそうになりながらも、どうにか体勢を維持してバラバラにならずに済んだ。

馬車の最後尾しか見ていなかったケルベロスは突き当たりの存在に気づかずに、そのままのスピードで直進し、急な方向転換もできず建物の壁に激突する。

ケルベロスはそのまま建物の内部に突入していった。

「うわあああああ」

「ぎゃあああああ」

ケルベロスの突っ込んだ建物の中から悲鳴が聞こえてくる。

程なくして建物からモウモウと煙が立ち込める。

リンはその様子を見て青ざめた。

ケルベロスの突っ込んだ家屋の住民のことを思うと気の毒でならなかった。

「ふぅー。とりあえず一安心だな」

テオが一息ついて床に座り込む。

「このままエレベーターまで行こう。エレベーターにさえ乗り込めばいくらケルベロスといえども追跡することはできない。でもその前に馬車を乗り換えた方が良さそうだな」

馬車は相変わらずメキメキと音を立てて今にもバラバラになりそうであった。

車輪も一応回り続けてはいるものの、相変わらずキイキイと嫌な音を立てている。

「そうだね。このままじゃ早晩壊れないとも限らないし」

リンとテオが近くに馬車がないかどうか見回していると鉄の棒が飛んできて車輪に巻き込まれる。

あえなく車輪は外れ、反動で車体がはねとび、ガクンガクンと揺れた。

二人はついに投げ出され地面に叩きつけられた。

「いってて。くそっ、なんなんだ」

テオは地面を這いずりながらも自分の杖を拾おうとするが、その手を誰かの足が踏みつけた。

「ぐっ、お前。ロレア。さっきのはお前が……」

「ガキどもが。散々てこずらせてくれたわね」

ロレアはリンとテオがエレベーターのターミナルに向かうと踏んで先回りしていた。

その後ろでは部下達が弓矢や鉄の棒を乗せた台車をガラガラと引いている。

先ほど飛んできた鉄の棒はどうやらこれのようだった。

これなら基本的な質量魔法で飛ばすだけで相手に致命傷を与えることができる。

ロレアはリンの方に向き直ると妖しく微笑む。

リンは彼女の表情を見てゾッとした。

それは一目見て狂気に捕らわれているとわかる表情だった。

「リン。いますぐイリーウィアに掛け合ってちょうだい。退校処分と取引停止を無効にするの」

「そんなことできるわけないだろ。だいたい街をこんな風にしておいて……うぐっ」

テオがリンの代わりに答えるが、ロレアに手のひらをグリグリと踏みつけられて黙ってしまう。

「あんたは黙っていなさい。リン。あんたのお友達が苦しんでいるわよ。テオのことが大事なんでしょう？　助けてあげなさいよ」

「うっ」

リンはロレアの狂気に気圧されて返答に詰まる。

「リン。耳を貸すな。僕達はいびつだったこの街を正常に戻そうとしただけだ。何も悪いことなんてしていない」

「正常？　正常だと？」

ロレアが頬をヒクヒクとさせた。

怒りを爆発させる直前の彼女の仕草だった。

杖を振り上げる。

「何が正常だ。この世に善も悪も正も邪もあるものか。あまつさえこの塔。善人が明日の不安に怯え、悪人が枕を高くして眠るこんな無茶苦茶な世の中で。何が正常かなんて、そんなこといったい誰にわかるものか！」

ロレアはテオの頭に向かって杖を振り下ろす。

32. 絶対零度の剣

ロレアの杖がテオの頭に振り下ろされんとしたその時、斜め上から鉄球が飛んでくる。

鉄球はロレアの杖を弾き飛ばし、ズンと鈍い音を立てて地面にめり込んだ。

「ぐっ」

ロレアが杖を弾き飛ばされた衝撃に顔をしかめ、痺れる手を押さえる。

「うう。なんだ」

テオが呻きながら鉄球の方を見ると鉄球は光の破片になって消えた。

（これは物質生成魔法……）

リンは鉄球の飛んできた方向、上空に目を向けた。

そこには鷲の上半身と翼にライオンの下半身を持った魔獣グリフォンがいた。

グリフォンの上にはイリーウィアとユヴェンが乗っている。

「ユヴェン⁉　それにイリーウィアさんも……」

「ったく何やってんのよあんたら」

ユヴェンは顔をしかめてドン引きしていた。

どうやら鉄球を放ったのは彼女のようだ。

「空の上からここまでの道を見てきたけど酷いもんよ。まるで戦争の後じゃない。なんで通った道々を焼け野原にして回ってんのよあんた達は」

「好きでやってるわけじゃねーよ」

ロレアが一瞬ひるんだ隙に彼女の束縛から抜け出し、立ち上がったテオが言い返す。

「襲われた結果こうなったんだよ。見りゃ分かんだろアホ！」

「だーからなんでそんな風に襲われることになってんのかって聞きたいのよこっちは。つーか誰がアホよバカ」

「ちょっ、二人ともケンカしてる場合じゃ……」

先ほど建物に激突したケルベロスが復帰してこちらに近づいてきていた。

向こうの角からズシンズシンと足音が聞こえてくる。

すでに建物の陰からケルベロスの頭が覗いている。

「くそっ、イリーウィアが来るなんて……」

ロレアは悪態を吐くとケルベロスに向かって叫んだ。

「ケルベロス！　すべて燃やし尽くせ！　この場にいる全員殺してしまうんだ」

「グオオオオ」

ロレアの命令に反応したケルベロスが雄叫びを上げながらこちらに向かって突進してくる。

「リン。ケルベロスに光の剣は通用しません」

イリーウィアがいつも通り地上の喧騒など、どこ吹く風と言った様子でさえずるように言った。

「ケルベロスを倒すには絶対零度の剣で心臓を貫かなければいけません」

「いやそんなこと言われたって。そんな魔法使えませんって」

「あら。そうなのですか？　困りましたね。私も今は氷系統のアイテムは何も持ち合わせていませんし……」

「しょうがないわね。リン。これを使いなさい」

ユヴェンがポケットから取り出した指輪を放り投げて寄越す。

「これは！」

「それは『アブゾルの指輪』。極寒の地に住む精霊を閉じ込めた魔石がはめ込まれているの。あんたの力なら冷気を凝縮させた、絶対零度の剣を放てるはずよ」

（た、助かった）

リンは受け取った指輪を急いで嵌める。

この時ばかりはユヴェンのことが女神に見えた。

ケルベロスがリンに向かってまっすぐ突進してくる。

その灼熱の炎の宿る大口を開けてリンを飲み込もうとする。

リンは指輪をケルベロスに向けて意識を集中させた。

かくして指輪は応えてくれる。


——ライフリア——


指輪から絶対零度の剣、ライフリアの剣が放たれる。

剣はケルベロスの喉元から心臓を一直線に貫いて射抜いた。

ケルベロスの心臓を起点に魔法陣の光が放たれたかと思うと破れ、炎に包まれた体が溶けるように崩れ落ちていく。

魔獣にかけられた魔法が解けた証だった。

後に残ったのは地面に横たわる小汚い子犬だけだ。

子犬は横たわったまま微動だにもしない。

無理な魔法をかけられたため、衰弱《すいじゃく》しきって、息絶えてしまったようだ。

リンは危機が去って力が抜けるのを感じた。

同時に体を倦怠感が襲う。

以前体験した魔力が底をつく感覚だった。

立っていられなくなり地面に膝をついてしまう。

しかし今回は気が遠くなることはなかった。

「くそっ、使えない駄犬め」

ロレアは悪態をつくと杖を拾いリンに向けて鉄の矢を放つ。

（せめてリンだけでも殺してやる）

リンは体を動かそうとしたが自由に動かなかった。

（やばい。体が動かない）

鉄の矢は膝をついているリンにあたる手前でバシッと音を立てて別の方向から力が加わり、推進力を失って地面に刺さってしまう。

すぐ横を見るとテオが杖を構えている。

「くそっ。どいつもこいつも邪魔しやがって」

「ここまでだな。お前は僕達に負けたんじゃない。市場に負けたんだ。市場の変化についていけない者はただただ淘汰され滅び行くのみ。どんな圧政も暴力も市場原理をいつまでも抑えつけることはできない。たとえ一時的に歪めることができたとしても、やがてはあるがままに帰する《レッセフェール》」

テオがロレアの方を指差しながら言った。

「ロレアさん。あなたは私腹を肥やしてアルフルドの商人の反感を買いすぎました。あまりにも苛烈な支配と搾取をしすぎたんです。綻びを直そうとしても取り返しがつかないくらいに。もうここまでです。これ以上罪を重ねるのはやめてください」

リンが宥めるように言った。

「お前らぁ。形勢が逆転した途端、綺麗事言って正義ヅラしやがって。偽善者どもめ。お前らもたいがいクズのくせに。私とお前達の一体どこに罪の差があるっていうんだ。お前達が見逃されて私が裁かれるいわれはない。特にリン。お前は一緒にアルフルドを支配しようとか散々調子のいいこと言って、悪巧みを企んでいただろうが」

「僕が間違っていました。反省して、過去の自分の過ちを悔い改めます。心を入れ替えて誠心誠意汗水垂らして真面目に働きます。神と大地の豊穣《ほうじょう》への感謝を忘れず、自分の身の程を弁え慎ましく暮らすつもりです。……明日から！」

「この野郎！　どこまでも私をコケにしやがって」

ロレアがなおも杖を構えて攻撃する仕草を取ろうとすると彼女の前に立ちふさがるようにグリフォンが降り立った。

イリーウィアが冷たい刺すような視線をロレアに向ける。

「ロレアさん。危険な魔獣を街に放つのは重大な犯罪です。無駄な抵抗はやめておとなしく罪に服しなさい。塔を支える三大国の一つ、ウィンガルドを治める王族として、これ以上街の治安を乱し彼らを傷つける行為を見逃すわけにはいきません」

イリーウィアが静かだが厳しい口調で言った。

「それとも私に対しても魔法を放ちますか。ウィンガルド王室の王位継承者であるこの私に対して」

「ぐっ、うう」

ロレアが呻きながら振り上げた杖を下ろす先を決めかねていると、そこにデュークがやってきた。

「そこまでです、ロレア。その杖を振り下ろせばあなたは本当に終わりですよ。彼女に傷一つでもつければウィンガルド王国の誇る魔装騎士団が黙っていません。彼女に忠誠を誓う魔装騎士千人が殺到し、あなたの喉元に剣を突きつけますよ」

「うっ、うう」

ロレアはついに戦意を喪失し杖を手放して地面に手をついてうなだれる。

杖は地面をコロコロと音を立てて転がった。

それを見るとデュークはこの場にいる当事者および遠目から恐る恐るこちらを見ている野次馬に対して声を張り上げた。

「聞け。この場所にいるすべての者たちよ。この場は魔導師協会の一員である私、デュークが納めさせてもらう。この騒ぎの関係者は全員神妙にしてここから一歩も動いてはならない。全ての罪は魔導師とアルフルドを支配する法によって裁かれる。アルフルドのあまねく住民、いかなる階級の魔導師も、奴隷も、商人も、これ以上治安を乱し不安を掻き立てる行為をしてはならない。アルフルドは平和と安寧を取り戻した。この騒ぎに乗じた火事場泥棒、流言飛語《りゅうげんひご》、その他いかなる軽犯罪も起ころうものなら、たちどころに悪は裁かれ、正義が実行される。学院都市は忌まわしき魔獣の災いから解き放たれ、その名にふさわしい研鑽《けんさん》を治める場所としての機能を取り戻す。全ては魔導の発展と塔の利益のために」

33. 少年と春風

「うっ、イテテ」

リンはテオに助け起こしてもらいどうにか立ち上がる。

魔力を失った反動で体の節々に痛みが走った。

「大丈夫か？」

テオがリンを気遣うように言った。

「うん。なんとか大丈夫。君こそ大分痛めつけられてたんじゃないの」

「っ、そういえばさっきからあの女に踏みつけられた方の手が言うこと聞かねーや」

テオは思い出したように顔をしかめる。

今まで危機に対応するのに夢中で痛みに気づかなかったようだ。

テオがダメージを受けているのは手のひらだけでないようだ。

足元もおぼつかなくフラフラしている。

馬車から落ちた時に体のいたるところを打ち付けたみたいだった。

二人は互いの体をかばうように肩を支え合ってどうにか歩いた。

「リン。大丈夫ですか？」

グリフォンから降りたイリーウィアが駆け寄ってきて心配そうに声をかける。

その様子からは先ほどの厳しい雰囲気がすっかり消えていて、いつものやさしく慈愛に満ちた表情を取り戻している。

「ええ、どうにか。ありがとうございます。イリーウィアさんに来てもらわなければどうなっていたことか。あ、あとユヴェンも」

「何よそのついでみたいな言い方。っていうか、あーっ」

ユヴェンがリンの指にはめられた指輪を見て素っ頓狂な声を上げる。

「あんた。私の指輪壊れてるじゃないの」

アブゾルの指輪に嵌め込まれた魔石は元の透き通るような水色からくすんだ色に変色しており、しかもヒビが入っていた。

「げっ、ご、ごめん。夢中で撃ったから手加減できなくて、ついつい何も考えずフルパワーにしちゃったというかなんというか……」

「どうしてくれんのよ。これ高いどころかなかなか手に入らない珍しいものなのよ。あんた極寒の地まで行ってこの指輪を作ってきなさい」

「え、ええー。そんなこと言われても」

「つべこべ言うな。さっさとしろ」

ユヴェンはリンとテオを杖でポカポカと叩く。

「痛った。ちょっ、ゴメン。ゴメンってば」

リンが手で頭を覆いながら必死に謝る。

「おいっ。なんで俺まで」

リンとユヴェンが小競り合いしていると向こうの方から諍いするような声が聞こえてきた。

ちょうど魔導師協会の人間がロレアをしょっぴいていくところだった。

「オラッ。ぐずぐずすんな」

「こんな街中で魔獣を放ちやがって」

「うう。私は……、私は悪くない。あいつが、リンがクズなのがいけないんだ。うわぁーん。リンのバカァ」

うわ言のようにつぶやきを繰り返したり、泣きながら叫んでいる。

その様子を見てリンは気の毒に思った。

「なんか悪いことしちゃったかな」

「気にすんなよ。自業自得だって」

テオが答える。

「でもさ。そこまで悪い人じゃないと思うんだよねあの人」

「バカすぎるんだよ」

「テオ。君ってやつは……」

本当に手厳しいね、と言おうとしてリンは言うのをやめることにした。

リンはロレアの部下達も連行されているのに気づいた。

部下の一人がリンに対してぺこりと頭を下げる。

リンとテオを初めてロレアの事務所まで案内した男だ。

「ねぇテオ。彼も罪にかけられるの？」

「ん？　あー。あのおっさんか。まああいつは結局のところ奴隷だからな。主人の犯行を手伝ったってことで連帯責任だよ。主人と同程度の罪か、あるいは主人よりも重い罪を科せられるかもな」

「そんな……」

リンは彼が連れて行かれるのを見て複雑な気分にならずにはいられなかった。

彼と自分。

元は同じ奴隷の身分だったはず。

一体、何が二人の命運に違いをもたらしたというのだろう。

リンは人生の奇妙さと理不尽さに想いを巡らせずにはいられなかった。


数日後。

リンはグィンガルドの港に作業員と一緒にいた。

『テオとリンの会社』は例のケルベロス事件後、いよいよ事業を拡大して輸出事業にまで手を広げるようになっていた。

そのためリンは港での輸出作業にも駆り出されることがあるのだが、何分外国のことは塔内のように上手くは行かず慣れない作業に手こずることも多かった。

今もちょうど仕事に行き詰まったところだ。

先ほどから港の船乗りと一緒に発注書を見ながら首を傾げている。

「どうですか。魔導師様。なんて書いてあるか分かります？」

船乗りが尋ねる。

「いやそんなこと言われてても。魔法語かトリアリア語ならともかく、ラドス語は読めないよ」

リンは困ったように返事する。

「かぁーっ。魔導師様にもわからないとあっちゃ、あっしらにはお手上げですわ。魔導師様ならどんな国の言葉もわかるって聞いて頼りにしていたんですが」

「耳で聞けばどんな言語でも大概意味がわかるけれど。文字はちょっと……。船乗りさんラドス語の発音とかできます？」

「そんなことできりゃあ。わざわざ魔導師様を呼んで頼んだりしませんよ」

「だよね。そりゃそうだ」

リンはため息をついた。

「とにかく読める人を探さないと始まらない。知り合いを当たってみるよ。船乗りさんは出向の準備をしておいて」

「へい。わかりやした。どうにかお願いしやす」

船乗りは肩を落として作業に戻っていく。

「さて。どうしたもんかな」

リンは頭をぽりぽりと掻きながらラドス語の発注書とにらめっこする。

するとちょうど船着場に大型の船が到着した。

ぞろぞろと乗客が降りていく。

その中には普通の人もいれば魔導師の証であるローブを着ている人もいる。

リンはなんともなしに降りてくる人を見ているとそこに見知った顔がいた。

「アトレア！」

「あら？　リンじゃない」

彼女はまた出張から帰ってきたところらしかった。

相変わらずの白いローブに長い杖。旅装姿で船から降りてくる。

「中等クラスの学院魔導師になったんだね」

アトレアはリンの出で立ちに目を走らせて言った。

リンは学院魔導師の赤いローブに『トンニエの杖』、『ルセンドの指輪』を身につけていた。

いずれも中等クラス以上の魔導師に許される装備だった。

今のリンの虚飾ない等身大の姿だった。

「うん。いろんな人の助けを借りて。どうにかね」

「そう。よかったね」

リンはアトレアを目の前にしてなんとなく感無量になった。

彼女はこの街に来て初めてできた知り合いだったが、初めて会った時からまだ二年足らずだというのにずいぶん時間が経ったような気がした。

あれから自分は少しでも成長しただろうか。

彼女には自分がどう映っているのだろうか。

彼女に話したいこと、聞きたいことは山ほどあったがいざ目の前にするとうまく言葉が出てこなかった。

リンは言葉を探しあぐねて何も言わないままアトレアのことを見つめ続けてしまう。

アトレアはただただリンからの言葉を待っている。

二人はしばらく黙ってお互いのことを見つめ合った。

「リンさーん。また問題でーす」

先ほどとは別の船員がリンのことを呼んでいる。

無言で見つめあっていた二人はその声に呼び戻されて我に返る。

「ああ、もう次から次へと」

「なんだか大変そうね」

「ごめん。もっとゆっくり話したいんだけれど」

「いいよ。行ってあげなよ。私もあんまりゆっくりしていられないし。また次の機会に話せばいいわ」

「いやっ、でも……」

「リンさん。早く来てください」

船員はリンの袖を掴むと引っ張っていってしまう。

アトレアはそれを見ると苦笑して立ち去ろうとする。

「それじゃね。また会うこともあるでしょう」

「待って。アトレア。これだけは言わないとって、ずっと思っていたんだ」

アトレアが立ち止まってリンの方に振り向く。

「塔の頂上を目指すよ。きっと君のいる場所まで追いつくから」

リンはそれだけ言うと駆けていく。

爽やかな春風が通り抜けて少年の背中に追い風となって押していく。

アトレアはしばらくその様子を見つづけた。

やがてリンの姿は見えなくなってしまう。

「リン。早く私のいるところまで来てね」

誰にも聞こえないつぶやくような声でそう言うとアトレアは大通りの人混みの中に姿を消していった。

WIZARD OF THE TOWER

番外編

王女と英雄の剣

～イリーウィアの選択～

妖精が光の滴を振りまき、美々しく着飾った人々が立ち並ぶ。

テーブルには白い上品なクロスがかけられ、銀色の食器の上には山海珍味を取り揃えた美食の数々が添えられている。

ウィンガルドの王侯貴族が参加する王室茶会。

初めて訪れる人にとっては目も眩まんばかりの煌びやかな世界だが、イリーウィアにとっては見飽きた景色だった。

今日も彼女はいつも訪れる人から、いつもかけられる言葉をもらい、豪華だが代わり映えのしないプレゼントをもらう。

しかしその日は見知らぬ一人の魔導師が彼女の元を訪れる。

イリーウィアは首を傾げた。

(彼は誰だろう?)

「彼は初めてここに来た者です。ウィンガルド下級貴族のクーラン様です」

後ろの暗闇に控える者がイリーウィアの困惑を敏感に感じ取って伝える。

「ああ、初めての人ですか」

彼女は少し気分が晴れた。

初めて会う人は誰であれ楽しいものだ。

目と目が合った瞬間から始まる緊張感。

ふとしたきっかけで打ち解けてお互いの距離感がグンと縮まる。

なんとも言えぬ新鮮さを味合わせてくれるその瞬間がイリーウィアは好きだった。

イリーウィアはガチガチに緊張しているクーランに対して親しみのこもった微笑みを向けた。

「こんにちは。クーランさんですね。初めまして」

「私のような者をこんな場所にお招きいただけるなんて。感激です」

「そんなことはありません。あなたは将来有望な魔導師なのですから」

彼は初め緊張していたようだが、すぐにイリーウィアの親しみのこもった態度をみるや否や自分の売り込みを始めた。

彼女のお気に入りになろうとして。

イリーウィアは内心で苦笑する。

（みんな王権に幻想を持っているのね。地位や権力なんてただの機能にすぎないのに）

生まれた時からこの場所にいた彼女にとっては、この場所に憧れる人達が不思議でならない。

人は生まれと育ち、そして才能によってその運命があらかじめ決まっている。

イリーウィアとてそれに変わりはない。

彼女は王宮でそれをいやという程見てきた。

「きっと私はこの塔で事を成して見せます。ウィンガルドでも指折りの魔導師となるために」

クーランが熱っぽくそう語るのに反してイリーウィアは冷めていった。

そして同時に彼のことが可哀想になってくる。

（彼の才能では到底彼の望むところまで辿り着けない）

「せっかくの巡り合わせ。このまま何事もなく終わらせるのは忍びありません。そうですね……」

彼女は周りを見回して一振りの剣に目を留める。

銀色の美しい剣『ダウムの剣』だった。

「お近づきの印です。あなたにこの剣を与えましょう」

「！　私にそのような貴重なアイテムを？」

『ダウムの剣』は年間に一振りしか作られない、選ばれた者にしか与えられない剣だった。

周りにいる何人かは嫉妬と羨望の眼差しを向けるが、一方で姫には見えないようにこっそり忍び笑いを漏らす者もいた。

「姫様も人が悪い」と言わんばかりに。

「ありがとうございます。私如きにこのような計らい。この上は姫様のためにどのようなことでもさせていただく所存にございます」

「では、今この場でその剣を使い、自らの喉を貫いていただけますか？」

イリーウィアは喉の先まで出かけたその言葉を慌ててお腹の中にしまいこんだ。

いつも通り、上品で感じのいい言葉に終始する。

「期待していますよ」

イリーウィアはがっかりしていた。

彼の言った言葉ももう何度目になろうか、聞き飽きた言葉だった。

拷問のように延々同じ言葉を聞かされる毎日。

彼女にとってここは牢獄《ろうごく》のようなものだった。

牢獄の本当に恐ろしいところは身柄を拘束されることではない。

退屈なことだ。

（誰かこの牢獄を壊してくれる人はいないのかしら）

時折彼女はそう思わずにいられない。

このように決まりきったことばかりしか起こらないと、時々運命を狂わせるためにいたずらをしたくもなるというものだ。

とはいえ、彼女のするいたずらは他愛のないものだ。

人々の望みを叶えてあげる。

例えば到底自分の身の丈に合わない地位に昇進させたり、本人には扱いきれない財宝を与えたり。

人々がそれをねだりに彼女の元を訪れているのを彼女は知っていた。

しかし、そうして自分の分際を超えた者達はほぼ例外なく悩み苦しんだ。

そして結局は自分が元いた場所、本来あるべき運命へと還るのであった。


挨拶が一通り終わるとデュークが近寄って話しかけてくる。

「イリーウィア様。困ります。あのような者に『ダウムの剣』などを与えては」

「よいではないですか。彼は将来有望な若者。応援してあげなければ」

「あなたも困った人だ。全て分かった上でそのような事を言っているのでしょう？」

（この人もうるさくなったものですね。）

イリーウィアは少しうんざりした気分になる。

デュークはこのイリーウィアを取り囲む牢獄の獄卒のような存在だった。

彼女にとって唯一の慰めは、牢獄の門番を自由に選べることだった。

デュークは彼女が指名した初めての人間だ。

彼はイリーウィアの期待通り忠実に働いて、予想通り敗北した。

（もう少し楽しませてくれると思っていたのだけれど）

デュークは真面目な男だったが、彼の顔もいささか見飽きてきた。

なおも苦言を呈し続けるデュークをイリーウィアは遮った。

「お小言はそれくらいにして。ほら。演劇が始まるようですよ。せっかくウィンガルドでも指折りの劇団が来て下さったというのに。いつまでも私達が話しているようでは彼らに申し訳ありませんわ」

イリーウィアの言う通り、会場に設置された演壇の上でにわかに慌ただしい動きが起こった。

司会が登場し、観客に呼びかける。

「皆さんどうか静粛に。これより演劇を始めさせていただきます。しばしの間、全ての魔法の光をおさめて暗闇にご協力ください」

パーティー会場を彩る光が一斉に落ち、暗闇が場を支配する。

スポットライトが演壇に向けられ、演劇が始まる。

演劇のタイトルは『三人の勇者』だった。

まだ世界の半分が闇の魔王に支配され混沌としていた時、一人の王女が平和を取り戻そうと立ち上がった。

王女は三人の勇者を指名して、彼らに『英雄の剣』を与えました。

一人目の勇者は『英雄の剣』にふさわしい活躍を見せ、剣の名に恥じぬ英雄へと育ちました。

魔王軍との戦いにおいて数々の武功をおさめ、人々も彼を英雄とみなすようになります。

二人目の勇者は『英雄の剣』を持て余しました。

その剣は敵を倒すどころか、自分や味方を傷つけることになってしまいます。

彼は『英雄の剣』を捨て、代わりに鍬《くわ》と鋤《すき》を手に、田舎へと帰り、平凡な農夫として幸せに暮らしました。

三人目の勇者も剣を持て余しましたが、彼は大切な人を傷つけることも厭わず、我が道を突き進みました。

そうしてあろうことか、禁断の魔法に手を染めて魔王の手先へと堕ちてゆきます。

ついには王女も自らの過ちを認め、英雄となった一人目の勇者に彼の討伐を命じるのでした。

一人目の勇者によって魔王の手先は討ち果たされ、魔王とその一族も滅びます。

世界には平和が訪れました。

めでたし、めでたし。

演劇が終わって拍手が巻き起こる。

イリーウィアも拍手した。

実際、趣向が凝らされ、見ごたえのある演劇だった。

もっとも、話自体は彼女にとってもう見飽きた主題ではあったが。


後日、クーランが『ダウムの剣』を王家に返納したという知らせがイリーウィアの元に届いた。

彼自身はと言うと、この塔を離れ、国許へ帰ったそうだ。

イリーウィアは特に気にする風でもなく、クーランの事を忘れた。


「明日の予定は何でしたっけ？」

イリーウィアは化粧室で侍女に髪を整えさせながら聞いた。

「マグリルへイムの先遣隊への参加です」

「マグリルへイム。ああ、あれね」

彼女は気怠そうに言った。

あの団体も当初はそれなりにワクワクした。

他国の学生同士でキャンプしながら魔獣を狩るというのは彼女にとって初めての経験だった。

しかし一通りの触れ合いが終われればいつも通り。

初めの高揚は収まり、気づけば醒めた目で団員を見つめている自分がいることに気づく。

もはや彼らの才能は見切った。

誰一人として彼女の期待を超える者はいない。

「明日は初等クラスから一人参加するらしいですよ」

「初等クラスから？」

「ええ、初等クラスの初めての授業で『ヴェスペの剣』を発現したとのことです」

「彼らも人材探しに躍起ですね。何も初等部の子を選ばなくても良いのに」

イリーウィアはおかしそうに笑った。

（どんな子なのかしら）


マグリルヘイムの先遣隊当日。

イリーウィアは木々の狭間から溢れる光を浴びて背伸びした。

やはり魔獣の森はいいものだ。

侍女達や付き人、貴族の付き合いから解放され、自然を思う存分堪能できる。

そしてこの日は、いつもと違って愉快なお供がいた。

「と、まあこのような感じですね。貴族の生活というのは」

イリーウィアはリンへの説明を終える。

「やっぱり王族ともなるとたくさんの人と出会えるんですね」

「ええ、そうなのです。名前を覚えるのが大変なんですよ」

「けれども、それだけ沢山の人と出会えれば、コネクションがたくさん築けそうですね」

「フフ。リンはコネクションが好きですね」

「ええ、成功への近道ですから。この塔に来てから思い知りました。いかに自分のいた世界が狭い者だったか。新しい人と、それも有能な人とたくさん出会わなければいけません。出会えれば出会えるだけ、その分多くのことが学べます」

「リン、コネクションも大切ですが、それよりも大切なことがありますよ」

「？　なんですか？」

「己を知ることです」

「己を……」

「そう。自分に何が出来るのか、そして何が出来ないのか。それを知ることでようやく人は他人に対して自分が何を与えられるか、真に理解することができるのです。あなたはまだ若い。それゆえ無限の可能性があります。ただ自身の器を履き違えてはいけません。人にはそれぞれ領分というものがあります。それを踏み越えれば、人は簡単に道を踏み外してしまいます」

「では僕はどのくらいの器でしょう。塔の上層に住めるような、立派な魔導師になれるでしょうか」

「うーん。そうですねぇ」

イリーウィアは腕を組んで考える。

果たしてこんなに小さい子に現実を突きつけるのもいかがなものか。

「そうですね。なれますよ。きっと」

「イリーウィア様にそう言ってもらえると励みになります」

「やはり塔の上層を目指すのですか？」

「ええ。僕には難しいのは分かっているのですが、それでも目指してみるんです」

「難しいのが分かっているのに目指すのですか？」

イリーウィアがおかしそうに聞くと、リンはイリーウィアを見つめた。

それはどこまでも無垢な瞳だった。

「世間知らずな僕ですが、それでも分かることがあります。僕には根っこがありません。多くの人のように親を持たない僕は川底を流れる小石のようなものです。人の波に揉まれてどこへともなく流れ行く運命。世界の大きな流れに対して僕は無力です。しかし！　だからこそどこにでも行けるのです。どこへともなく漂っているうちに思わぬ出会いに恵まれるかもしれません。こうしてイリーウィア様に巡り会えたように」

（不思議な子）

イリーウィアはあらためてリンをまじまじと見る。

賢いようにも見えるし、愚かなようにも見える。

そして危うげだった。

イリーウィアはふと思う。

彼に『英雄の剣』を渡せばどうなるだろう。

（英雄の卵には見えない。では彼は平凡な農夫？　それとも魔王の手先？）

イリーウィアは知りたくなってきた。

（試してみるのも一興ですね）

しかしリンは結局、平凡な農夫にも魔王の手下にもなることはなかった。

イリーウィアはまだ知らない。

今は小さな魔導師にすぎない彼が、やがて世界を揺るがす衝撃と共に、彼女を閉じ込める牢獄を粉々に砕くことになるのを。

あとがき

『塔の魔導師～底辺魔導師から始める資本論～』の第二巻をとっていただきありがとうございます。

皆様の応援のおかげで、どうにか二巻まで出版することができました。

起業したり、親しい人が亡くなったり、パーティーに行ったり、利権争いしたり、と今巻も色々詰め込んでしまった『塔の魔導師』でしたが、いかがだったでしょうか。

今回の巻はリンの心情描写をコントロールするのに苦労しました。

起業したと思ったら、親しい人の死に接して落ち込んで、お茶会に呼ばれたと思ったら、締め出されてしまって、また落ち込んだと思ったらユヴェンの誓いに触発されて奮起する。

このように上がっては落ち、落ちては上がる、まるでジェットコースターのような展開です。

著者としては、やはり予想よりも上手くいった部分もあれば、思ったようにいかなかった部分もありました。

具体的な心残りとしては学院生活や授業の描写をもう少し入れたかったところです。

学校に通いながら起業するっていうのがカッコイイと思ったので、描いてみましたが、起業描写の方で手いっぱいになってしまったように思います。

実際に大学に行きながら起業している人ってどうやってるんでしょうね。

読者の皆様は二巻の内容どう感じられましたでしょうか。
満足していただけましたでしょうか。
それとも物足りない部分が残りましたでしょうか。
いずれにしても、リンと著者は今後も一歩ずつ進んで行くつもりです。
では、また会いましょう。

塔の魔導師～底辺魔導師から始める資本論～2

2018年7月1日　第1刷発行

著　者　瀬戸夏樹

発行者　本田武市

発行所　TOブックス
〒150-0045
東京都渋谷区神泉町18-8　松濤ハイツ2F
TEL 03-6452-5766（編集）
0120-933-772（営業フリーダイヤル）
FAX 050-3156-0508
ホームページ　http://www.tobooks.jp
メール　info@tobooks.jp

印刷・製本　中央精版印刷株式会社

ISBN978-4-86472-697-9